嘘つきタヌキの愛され契約結婚

Kanako
Hato
鳩かなこ

CHOCOLAT
BUNKO

ILLUSTRATION Ciel

CONTENTS

自分にうまくできるだろうか。

大きな窓から差し込む日射しの眩しさに真美原日和《まみはらひより》は目を細めた。

このテラアウストラは南半球で一番大きな島国で、大陸として世界地図に載っている。白亜紀に主たる大陸から切り離されたと言われ、その為に独自の進化を遂げた動植物が多い。国土は広大な割に人口が少ない。空気の透明度が高く、澄んだ空気を満たすように空は青かった。

窓の外には赤い土と若葉生い茂る葡萄畑が見渡す限り続いている。九月の初めはこの土地では春だった。島からほとんど出たことがない日和には、目に映るものすべてが新鮮だった。

(ああ、とうとうここまで来ちゃったんだ……)

不安になってもどうしようもない。日和はうまくやり通さなければならない。沈み込むようなふかふかのソファに身を縮み込ませ、高鳴る心臓を宥めるように胸を押さえる。

日和の故郷は日本の小さな島、迎島《むかえじま》だ。最寄りの国際空港から、飛行機の移動だけで一日はかかった。国内最大の都市ニュー・アルビオンから国内線に乗り換え一時間ほど。ローズ・ヒルという丘陵地帯は、そこからさらに車で二時間ほどかかるところにあった。

国内で消費される赤ワインの八割がこのローズ・ヒルで生産されるという。迎えに来てくれた運転手が車中で、気を使って色々教えてくれた。世界中のワインの愛飲家の間では名の知られた生産地なのだそうだ。赤ワイン用の葡萄《ぶどう》であるシラーズの主要産地であることから〝シラーズの首都〟と謳《うた》われ、世界最古の木があることでも有名らしい。

　アドラー家はローズ・ヒルに広大な敷地を保有している地元の名士だ。城と呼んで差し支えないアドラー家の屋敷に着いた日和は、執事に労われながら応接室に通された。

（すごいおうちだ、アドラー家……）

　部屋には先祖伝来らしい品々が飾られていて貴賓室のようだった。思わず手で押して確かめたクッションは柔らかすぎず、日和の体を心地《ここち》よく受け止めた。揃いのデザインで家具は統一されていて、世事に疎《うと》い日和でも、アドラー家の財力は推し量れた。

　彼らは純血を尊び、同族とばかり番って血脈を保ってきたワシの名門一族だ。百年以上前からこの地で葡萄畑やワイナリー、マナーハウスを宿泊施設として営み、今や飲食事業やホテル事業にも進出している。

（いわば『商談』の相手なんだから、粗相がないようにしなきゃ）

　緊張のあまり耳や尻尾《しっぽ》が飛び出していないか手で押さえ確かめる。第一印象は大事だ。日和はスラックスの裾やジャケットの袖が汚れていないかも改めて確認した。食いしん坊なわりに手足が細く薄っぺらい体だから、衣服だけでもきちんとしたい。丸く垂れ目がちの目のせいか童顔《どうがん》で、身長も平均的だ。妹の日菜子《ひなこ》にだけは『お兄ちゃんは顔に愛嬌《あいきょう》があるし、毛並みもつやつやだよ』と褒《ほ》められるが、身内びいきだからあてにならない。黒茶色のにこ毛を手櫛でさっと整える。髪は亡き母譲りで、そこだけは自分のパーツの中で好きなところだった。

(お相手のアドラー家はメスを希望していたっておじさまが言ってたっけ)

だからこれは形だけのお見合いだ。そして日和にとって初めてのお見合いである。

日和は溜息をついた。ピルケースが急に重さを増した気がした。ジャケットの内ポケットにある小さなそれ。念のために持たされたが、きっと出番が来ることはないだろう。

憂鬱《ゆううつ》な気持ちからまた溜息が出そうになった時、重厚なマホガニーの扉が軽やかにノックされた。どきりとして体がぴょんと跳ねた。

「はい、どうぞ」

日和の返事を待ってゆっくりとドアが開いた。二人の男性が入ってくる。日和の目に一番に飛び込んできたのは、鋭い眼差しの青年だった。

(きっと、この人が、ルロイ・アドラー……。僕のお見合い相手……)

座ったままの日和を、琥珀色《こはくいろ》の双眸が見下ろす。目が合ってもにこりともしない。睨《にら》んでいるわけではないだろうが、威圧されているような気分になる。

美しい明るい褐色の髪は、前髪の一部だけ輝くような銀色をしている。よく見ると褐色の髪の所々で銀色の筋がきらきらしていた。思わず息を飲んでしまうような、迫力のある美貌だ。

「お待たせして申し訳ない。ようこそ、アドラー家へ。現当主のヘンリー・アドラーです」

ルロイの隣にいる彼とよく似た壮年の紳士が日和に微笑む。柔和《にゅうわ》さの中に人に命じることに慣れた者特有の圧力があった。彼は日和の亡き両親よりも少し上ぐらいの年齢だろう。アドラー氏の声にぼうっとしたままだった自分に気づいて、日和は慌てて立ち上がった。

「初めまして、真美原日和と申します。お会いできて光栄です」

「彼が息子のルロイだ」

ルロイ・アドラーは二十四歳。ひとりっ子で趣味は乗馬とチェス。ワシの御曹司だ。ルロイは大学在学中から家業に携わっているという。アドラー家の少子化問題がなければ、貧相な日和なんてはなもひっかけなかったに違いない。

自分とは違い過ぎる。やはりこんな見合いがうまくいくとは思えなかった。ほっとしながらも、自分が見向きもされないことを何故だか残念に思う。

「日和くんひとりなのかい？」

「はい、叔父……真美原の当主もそれで大丈夫だと」

訝し気にルロイは眉を寄せると父親を見る。

「……ビジネスなのに、取りまとめている当主が来ない？」

「何か事情があるのだろう。怖い顔するんじゃない」

親子は何事かを言い交わしたが早すぎる外国語を日和は聞き取れなかった。だけどルロイの苛立ちを感じて恐怖のあまり自分の尻尾や耳が出そうになるのを必死でこらえた。

元来タヌキという種族は臆病だ。その中でも日和はタヌキの特性が強く出ているらしく、怖かったり驚きすぎたりすると失神しかねなかった。

この世界の人間は進化の途中で動物と融合し、様々な種族が生まれたと言われており、自分の意志で動物に変化することができる。しかし長時間動物の状態で過ごすと、動物の本能が強くなりすぎて人の姿に戻れなくなると言われている。そのため親しい間柄でもないのに、動物の姿をみだりに見せるのは本能をむき出しにしているのと同義で、自制のできない未熟者として嫌われる。生命の危機の回避など、何らかの理由がない限り、人前で動物の姿にはならないのが一般的だ。

アドラー氏は日和に座るよう促すと、自身も向かいのソファに座りゆったりと足を組んだ。その隣にルロイが腰を下ろす。

「オスのタヌキだと聞いて、どんな子だろうと思っていたが、とても素敵な人が来てくれて嬉しいよ」

アドラー氏に褒められて困惑する。日和はぎこちなく微笑むことしかできなかった。歓迎されることへの後ろめたさが緊張に拍車《はくしゃ》をかけた。

ルロイはテーブルにあった書類を手に取って、日和を品定めするように見た。

「……日本人は若く見えるというのは本当だったのか。てっきり中学生かと思った……」

彼は独り言のようにつぶやいた。

（え、中学生だと思われてた……？）

日和はショックを受けた。確かに日和はどちらかというと童顔だが、身長は百七十センチ近くあるし、提出した書類には保育士として働いていたことも記載済みだ。

咎《とが》めるようにアドラー氏が咳払いをする。

「失礼、きちんと資料を読んでなくて。実はこの見合いに全く興味がなかったんだ」

「ルロイっ」

率直すぎる物言いにアドラー氏が呻いたが、悪気はないらしいルロイは平然としている。

だが不思議と嫌な気持ちにはならなかった。素直な人なのだなと、いっそ清々しさすら感じた。

異種族間でも妊娠出産は可能だが、両親のどちらの種族を受け継ぐのかは産まれるまでわからない。いわゆる上流社会に身を置く一族ほど、婚家の種族であることが尊ばれるので、婚姻の相手は純血のほうが好まれる。その結果、血が濃くなり出生率が低くなる傾向にある。

そこに商機を見出したのが真美原家だった。

真美原はタヌキの一族だ。多産で、伴侶《はんりょ》の種族が違ってもそれは変わらず、相手種族の子もよく生むと言われている。

またオスでも妊娠可能で、婚姻相手の種族の子をメスより生みやすいという特徴があった。もっとも性的指向の問題でオスが嫁ぐことは稀《まれ》なようだが。真美原は自分達の特殊な性質を利用し、財閥や名家へ、条件に合う年頃のタヌキを嫁がせることで富を蓄えてきた。婚姻という体裁《ていさい》をとっているが、その本質は子に恵まれぬ種族に高額でタヌキの腹を貸し出すビジネスにすぎないのだった。

アドラー家とのこの見合いも、ワシの子を生むべく組まれたものだった。

「日和くん、息子が失礼な態度で本当に申し訳ない……。それで、契約内容は理解しているね？」

日和は気にしていないことを伝え、必要事項を記入した書類を鞄《かばん》から出す。

「はい」

見合いがうまくいった場合、正式に契約を結び、アドラー家の為に二年以内にワシの子供を生む。

そういう契約だと日和は聞かされていた。不妊とされる一年で期限を区切ってあるのは、後腐れなく誰かとやり直しができるようにというアドラー家の考えなのだろう。

（どうせ契約には至らないだろうけど……）

先ほどルロイがこの見合いに興味がないと明言したからだけではない。

そもそも妹の日菜子に持ってこられた見合いを、わけあって日和が代わりに受けただけなのだ。相手は妙齢《みょうれい》のタヌキのメスを心待ちにしていただろう。貧相なオスをはいそうですかと娶《めと》るはずがない。

（アドラーさんが乗り気でも、肝心《かんじん》のルロイが断ってくる。オスなんて嫌に決まっている）

契約が結ばれた場合にどのくらいのお金が行き来するのか、日和は詳しく聞かされていない。ただ日和がどんなに頑張っても稼ぎ出せないほどの額だということは言い含められていた。金額の高さは期待の表れだ。断られる話とはいえ、粗相はできない。

「そんなに緊張しないで、日和くん」

「すみません……」

「息子は愛想はよくないが、家族思いの優しい子だ。きっと君も気に入ってくれると思うよ」

「父さん」

小さな子供を褒めるようににこにこするアドラー氏をルロイは咎めたが、気にせず続ける。

「そしてゆくゆくは君に是非ともワシの子供を生んで欲しい。個体として優秀な種であるのに、残念ながらワシの子供は生まれにくくてね。僕には弟がいるのだが、それぞれひとりしか子供を儲けることができなかった」

それほどワシは生まれにくいということだろう。穏やかに語りながらも、アドラー氏の琥珀色の目には切羽詰《せっぱつ》まった光が宿っていた。タヌキは子だくさんだから日菜子と日和の二人兄妹は例外的で、むしろ四、五人兄弟がいるのが普通だ。

(日菜子……)

日本に残してきた妹のことが思い浮かんだ。何も心配しなくていいと言い聞かせたが、心優しい妹のことだ。日和がいない故郷で肩身の狭い思いをしていないといいのだが。

「あの、すみません、手違い……、で、妹の情報が一度そちらに渡されてしまって」

「いや、こちらとしては真美原家の方に来て頂けただけでありがたいよ」

何の含みもなくアドラー氏は言った。

（――タヌキのメスを希望していたわけではない？）

日和としては先方から断られるつもりだったので、心の底で焦ってしまう。


しばらく談笑した後、アドラー氏は仕事があるからと、ルロイと二人きりにされた。知らないオス、しかも猛禽《もうきん》といることで、日和がそわそわしていると、ルロイが立ち上がった。

「隣に座っても？」

「は、はい」

断れるはずもない。日和が四人座っても余裕があるほど大きなソファだが、端に寄って場所を空ける。ルロイが腰を掛けるとクッションが思いの外沈み、日和はよろけた。が、すぐさま長い腕に支えられ、日和はあわあわと座り直した。

「ワシが怖い？」

「えあ、いえ、……はい。す、すみません」

下手に言い訳してもすぐにばれてしまうだろうと日和が素直に詫びるとルロイがくすりと笑う。その瞬間ルロイの威圧感が減った気がして、日和の緊張も和《やわ》らいでくる。

失礼にならないよう、日和はルロイから目を逸《そ》らさないよう心掛けながら、気にかかっていたことを質問する。

「こんなふうに外国語を話したことなくて、聞きづらくないですか？」

「いや、かなり上手だよ。保育士だそうだが、なぜ外国語も勉強を？」

「外国語での幼児教育に興味があって、それで学生の時に頑張りました。留学できたらよかったんですけど、うちの事情でできなくて。僕はそんなに頭もよくないし」

誤魔化《ごまか》すように情けなく笑うと、ルロイは真剣な顔で首を振った。

「面白くないのに、笑うことはないよ」

その言葉に胸をつかれた。笑ってごまかして、その場を切り抜けようとするのは日和の悪い癖だった。

「気を悪くさせたらすまない」

固まった日和をどう思ったのか、ルロイはそう口にした。

「悪気はないのだが言い方が威圧的だと、いつも友人に文句を言われるんだ」

「いいえ、そんなことはないです。いいお友達なんでしょうね。そういうことを指摘できる間柄って、本当のお友達って感じがします」

困ったように腕を組んだルロイに日和は微笑んだ。そういうふうに忠告してくれる友人のいない日和からしたらとても羨《うらや》ましい。

ルロイは日和をじっと見つめた。

「……ワシは家族を大事にする種族でね。こうやって紹介されて出会ったが、パートナーになるというのなら仲良くやっていきたい。助け合って生きていけるような、そういう関係に」

打算《ださん》と金銭の絡み合った出会いだったとしても、前向きに一緒に暮らしたい。

家族としての絆を作っていきたい。

ルロイの申し出に、日和は場違いな感銘《かんめい》を受けた。ルロイは誠実で優しい人なのだろう。日和への気遣いが言動の端々に感じられる。名家特有の権柄《けんぺい》ずくなところがなくて、日和の偏見をいい意味で裏切る。

「結婚はアドラー家の次期当主としての義務でもある。君には辛いこともあるかもしれない。俺達では気が付かないこともあるだろうから、何でも話してほしい」

自分の胸の中を開いて見せるような、真摯《しんし》な言葉が日和の中へ染み入ってくる。

「ありがとうございます」

（優しくする価値なんて僕にはないのに）

　このまま話していたらボロをだしてしまいそうで、日和はぎこちなく話題を変えた。

「ここは空気も綺麗で、お庭も素晴らしいです。あそこの綺麗な白いお花を咲かせている木は何の木ですか？　その下の木箱はなぜあそこに置かれているのですか？」

　窓の外に芝生の庭が広がっている。その一角に植わったまるで桜のような花を咲かす木と、場違いに見える木箱を見つけた時から日和は気になっていた。

「ああ、あれは杏の木とミツバチの巣箱だ」

　ぎっとソファが小さく軋んだ。身を寄せてきた彼が日和と良い関係を作ろうとしているのが感じられて、自分のしようとしていることに俯いてしまいたくなった。本当のことを言うべきだろうか。でもそんなことをしたら、一族全体に迷惑をかけかねない。

「……杏は実がなるかどうかしか重要じゃないから、花が綺麗だとか考えたことがなかったな」

　まだ結婚すると決まったわけではない。先方から断られると叔父は言っていたではないか。きっと見合いはうまくいかないだろうから、日和はこのまま何も言わずにやり過ごせばいい。揺れ動く気持ちを必死に抑え込む。

「僕達の国では実のなる木でも季節の花を楽しむことも多いですよ」

「そうか。これまでとは違うふうに眺められそうだ。夏になると母はあの実でおいしいジャムを作る。あの巣箱から採れる蜂蜜《はちみつ》は加熱殺菌や濾過をしないから、糖度が低いと醗酵する。それを利用したのが蜂蜜酒だ」

「蜂蜜酒ですか？　なんだかおいしそう」

「蜜月というだろう。昔は新婚の二人がこの蜂蜜酒だけを飲んで一月は家に閉じこもっていたからだそうだ」

予想外にエロティックな方向へ話が転がってしまい、奥手の日和はどぎまぎしてしまう。

「せっかくだから、日和の為に蜂蜜酒を作ろう。きっと気に入ってくれるはずだ」

ルロイは当たり前のように未来のことを口にした。

まるで契約が結ばれそうなルロイの言葉に、まさかそんなはずはないと自分に言い聞かせる。日和の心臓はばくばくと高鳴った。

「母は所用で出かけているが明々後日には帰ってくる。日和に会えないのを残念がっていた」

こんな自分を温かく迎えようとしてくれることに申し訳なさがこみ上げてくる。

「母が戻ったら日和の歓迎会をしよう。うちのワインを開けて」

好意を示されても困るのに、積極的に嫌われようともしない自分の意気地のなさに気が塞ぐ。嫌われることには慣れているはずなのに。

つまりは卑怯《ひきょう》なのだ。悪者の癖に悪者に思われたくないだなんて。

「日和もここを気に入ってくれたら嬉しい。先程も言ったが、見合いにはあまり乗り気ではなかったんだ。無理矢理ではないにしろ、遠いところからタヌキを連れてきてワシの子を生ませるだなんて、ナンセンスだと思っていたから」

ルロイの膝が足へこつんとぶつかってきて日和は顔を上げた。

「でも、気が変わった。君とはいい関係を築けそうだ」

琥珀色の綺麗な双眸が微笑んでいる。ルロイはおもむろにテーブルに置かれたままだった契約書にさらさらとサインした。続いて、日和が記名して持ってきていた婚姻届にも。

驚愕に動けなくなる。

たったこれだけの対面で決めてしまっていいのだろうか。

「これを明日にでも役所に提出しよう。さぁ俺達はこれでもう正式なパートナーだ」

こんなはずじゃなかった。

日和の望まない形で物事はどんどん進んでいく。

しかし日和からは断れない。そういう契約になっていた。だからこそあちらから嫌われるべきだったのに。

自分のジャケットの胸元を手で押さえた。内ポケットに入れたピルケースが固い感触を返す。

こんなもの飲まないですむはずだったのに。

「よろしく、日和。俺のパートナー。楽しみだな、君の生む子はどんな子になるだろう」

――この人が夫になるのか。二年間だけの。

契約の内容を反芻《はんすう》して、大それたことをしようとしていることに怖気づきそうになった。だがもう戻れない。

自分の伴侶になった男から日和は目をそらした。

あの日の、妹の泣き声が耳に蘇《よみがえ》った。

――お兄ちゃん。ごめんなさい。

この契約は最初から破綻していた。

日和は自分が自然の営みから取り残されていることを知っていた。

多産安産のタヌキに生まれたのに。

保育士になったのは子供が好きだったこともあるが、欠陥品の自分でも命の営みに携われると思いたかったからかもしれない。

真美原のオスは、本来なら相手の種族の子を高確率で妊娠できる貴重な血筋なのに。

日和に子供なんてできない。

とっくに成人しているというのに、日和には思春期には迎えるはずの発情期がいまだ来ていなかった。

§

仕事が片付かずに帰りが遅くなったある夜、先に寝ていると思っていた妹が泣きながら待っていた。妹の話を聞いて、日和はすぐに二人が生活する離れから母屋へ走った。

『おじさまが、私を外国にお嫁に出すって、でも、私はもう……』

そう涙をこぼし顔を覆った妹の薬指にはプラチナの指輪が輝いている。

日菜子には好きな人がいる。高校を卒業したら、島を出てその人と結婚する。高校の先輩だという青年を、日和は先月紹介されたばかりだった。

すぐに叔父に報告するべきだった。どうして先延ばしにしてしまったのだろう。奉公人の使う裏口なら宿直がいるので、一日中出入りできる。そこから母屋に入り進んでいくと、真夜中近くにも拘わらず叔父の書斎の灯りが廊下に漏れていた。

プライベートなスペースに行かなくて済んだことに少しほっとする。意を決して日和が声をかけるとすぐに入室の許可が下りた。

「夜分にすみません」

叔父は黒檀の机で仕事をしていた。着物を着ている、ほっそりとした姿。日和が入室しても、叔父は顔を上げようともしない。こういう時は声をかけられるまで待たねばならなかった。叔父は亡くなった父の弟で四十代らしいが、かなり若く見える。

叔父の書斎を訪れたことなんてほとんどない。そもそも叔父と話すのだってどれくらいぶりか。正座した足が痺《しび》れそうになる頃、ようやく叔父はこちらを向いた。

「突然すみません。あの、おじさま、日菜子のことですが」

叔父は日和を見やって鼻を鳴らした。

「お前は相変わらず、なのか？」

「はい……」

「うちに来てもう十年になるか。まだ発情期が来ないなんてな」

あけすけな物言いに日和は悲しくなった。

両親が死んだのは日和が小学校を卒業した春のことだった。交通事故だった。駆け落ち結婚した両親は互いの実家と縁が切れていた。頼れる身内もなく、四歳年下の妹とは別の養護施設に行くことで話がまとまりそうだった。

その矢先だった。兄妹一緒に引き取るという、叔父の使いが現れたのは。大げさではなく天の救いだと思った。事情をよくわかっていない日菜子を抱きしめながら、日和は心の底からほっとした。

引き取られた真美原本家は、昔話に出てくる御殿のような立派な日本家屋だった。

『みすぼらしい子だ』

意味は分からなかったが、叔父の表情から好意的ではないのは何となく伝わってきた。初めて会ったときなんて、お礼を言う日和と日菜子の顔をじろじろ見て、それでおしまいだった。叔父は日和たちに興味がなさそうだった。わざわざ探し当てて引き取ってくれたと聞いていたので、日和は肩透かしを食らった。

そうして離れでの生活が始まった。母屋と完全に切り離されたこぢんまりとした造りの離れは、兄妹二人で暮らすには十分すぎた。

大きな屋敷と、関わりのない親族。顔を合わせる機会があっても、駆け落ちした両親を貶されるばかりで仲良くしたいとは思えなかった。きちんと食事も清潔な服も与えられていたが、たくさんいる使用人とも仕事で世話される以上の繋がりはなかった。

必要ならお小遣いももらえたのだろうが、気兼ねしてねだれなかった。勇気を振り絞り、高校生になった際にアルバイトをしたいと願い出たがにべもなく却下された。真美原家が養い子にお金をかけていないのではないかと思われては外聞が悪い、という理由だった。

早く就職したいと思っていたので大学に進学するつもりはなかったが、小さな子の面倒をみるのが苦にならないので、そういう仕事をいずれしたいと叔父の秘書に進路について聞かれた際に話すと、保育士の資格をとりなさいと、短大に行かせてもらえた。

働けるまで養ってくれ、両親がしていたという借金も肩代わりしてくれた本家にはとても感謝している。

「それで、日菜子のお見合いの件についてですが……」

気を抜くと声が震えそうになる。飢えたこともない。怒鳴《どな》られたことも、叩かれたこともない。なのに、日和はずっとこの叔父が少し怖かった。

「ああ、先方から是非にと請われた。二十歳前後のタヌキという条件に日菜子はぴったりだろう？　日取りも決まっている。お前もすぐに送り出す準備を進めなさい」

いつも感情を表に出さない叔父には珍しく、声の調子が嬉しそうだった。

すでにそこまで話が進んでいるなんて思わず、焦りながら日和は口を開いた。

「でも日菜子には、結婚の約束をした人がいるのです」

「……なんの話だい？」

叔父にとっては寝耳に水だろう。日和は自分の段取りの悪さを悔いた。

「日菜子には恋人がいるのです。見合いをするのに相応しくありません……」

叔父の顔が険しくなる。非難の眼差しを日和は怖気づきながらも受け止めた。

真美原の人間は一族の者を外に出したがらない。余程のことがない限り、進学も就職も島の中ですることがほとんどだった。島外に進学しても、仕事は真美原の事業に携わる。日和も真美原の出資している島内の保育園で働いている。子供の頃は不思議だったが、大人になった今は日和も理由を理解していた。

タヌキは一途だ。中には失恋で衰弱《すいじゃく》して命を落とすほど執着の激しい性質の者もいる。火遊びなんて存在しない。島の者はその性質を理解して行動するが、島外では気軽に交際する方が普通なので、不幸が生まれやすかった。

「勝手なことを……」

「報告が遅くなってしまったのは僕です。日菜子は悪くありません、申し訳ありません」

日和は懸命に詫びた。日菜子を無理矢理嫁がせても、思う相手がいる以上、契約結婚の夫を愛することはないだろう。それはあちら側だって望まないはずだ。

（僕の落ち度もあるが、あまりにも話が急すぎるし、何の相談もないのはおかしい。二十歳前後のタヌキというだけなら、日菜子じゃなくていいはずだ……）

タヌキは子だくさんなので条件に合う者は大勢いるはずだ。藁《わら》にも縋る思いで日和は頭を下げた。

「本当にすみません、おじさま。この話は他の人に、お願いします……っ」

叔父の怒気《どき》が増したように感じた。下げた頭をぐっと何か強い力で押さえつけられているようだった。日和の首筋がそそけだつ。だがここでくじけるわけにはいかない。

「どうぞ、日菜子のことはお許しください、お願いします」

両親が反対を押し切って駆け落ちしたせいだろう。日和と日菜子は人付き合いをかなり制限されてきた。

だから日菜子の恋は日和にとっても青天の霹靂《へきれき》だった。しかし妹が誰かを愛し、その人と結婚することがとても嬉しかった。妹の幸せが生きる目的だと言っても過言ではなかったから。

「……できぬ。相手はなるべく本家に近い血筋の者を望んでいるし、この話はすでに、引き返せないところまで進んでいる」

「そんな……。近頃はあちらの仕事はほとんどないって聞いていたのに……」

日和達兄妹と実質的に関わる叔父の秘書はそう言っていた。しかし叔父は不思議そうに首を傾げた。

「何を言う？　ただ単に、ここ数年は条件の合う者が一族に見当たらなかったというだけで、申し込みが絶えていたわけではない」

そんなこと、末端に過ぎない日和には窺い知れぬことだった。

取り仕切っているのは叔父なのだから、どうしても断れないのなら叔父の直系から代わりを出すのが筋なのではないか、と釈然としない気持ちが湧いてくる。しかしこれまで面倒を見てもらった上に肩代わりしてもらった借金の返済を未だしている身なので、強く言える立場にもなかった。

（いつか恩返しはしたいと思ってきた。おじさまのおかげで何の心配もなくやってこれたのだから。だけど、だからって……）

「よくお聞き。わが一族も昔ほどの権勢はない。それにともなって財政も苦しくなっている」

旧家とはいえ、家格や体裁を保つために見栄も張る。落ちぶれた姿をさらすことはできない。

「あちらは破格の契約金を提示してきた。子が生まれれば、成功報酬もさらに払うという。こんなに条件のよい話はまたとないんだよ」

「お金なら、僕が一生懸命働きますから……！」

縋る日和を叔父は鼻で笑った。

「お前の収入なんぞ微々たるものだ。親の借金すらまだ返せないくせに。何の為にこれまで面倒を見てきたと思っているんだ？」

「っ、で、でも、おじさま、日菜子には、好きな人がいるんです……」

日和は食い下がった。日和は出来損ないのオスだ。日菜子の代わりにはなれない。どうしたらいいのだろう。日和は額を擦り付けるように頭を下げた。

「おじさま、お願いです。何でもします。僕はどうなってもいいので、どうぞ、お断りしてください。お願いします！」

叔父が身内だからと言って目こぼししてくれるような人ではないのは知っている。彼が破格というからには、相当な金額なのだろう。

「……お前、なんでもすると言ったね」

随分経ってから、叔父がぽつんと言った。弾かれたように日和は顔を上げた。

「は、はい、なんでもします！　日菜子をお嫁に行かせないというなら、僕はなんだって……！」

一本の細い糸を手繰り寄せたような気持ちで日和は顔を明るくした。

「じゃあ、お前が行くといい。お前なら条件にも合う」

「っ、でも、僕は……ご存知ですよね……、僕は、真美原のオスとしては役立たずだって」

わかりきっていることでも、自分で自分を貶めるのはつらい。

どの種族も十代の中頃にはフェロモンが出るようになる。それは子を成せるようになったということでもあった。しかし日和には二十を超えた今なおその兆しすらなかった。

真美原に生まれた者にとって、それは致命的な欠陥だった。だから日和はずっと一族の爪はじき者だった。

「なに、簡単な話さ。見合いの席に座るだけでいい。いくつかの釣り書きの中から日菜子に来た話なのだから、あっちはメスをご所望《しょもう》だ。オスのお前を気に入るということはないよ。きっと破談になるだろう」

「そ、そうですよね」

日和はほっと息をついた。先方の顔を立てて、見合いをしてあちらから断られる、という形にすればいいだけだ。

「万が一気に入られても、心配しなくていい。もともと二年間子供が出来なければ離婚という条件だから」

叔父は恐ろしいことをなんでもないことのように言った。子は授かりものだから残念な結果になることはある。しかし日和は違う。たくさんのお金をもらいながら、先方を騙すことになる。

「あちらは自分たちの種族の子にこだわっている。真美原のオスはうってつけだろう？」

はなから日和は妊娠しない。叔父もそれはわかっているはずだ。

「相手の都合で断った場合は、手付金の返済が不要になる契約だ。お前に選ぶ余地はない。違約金や手付金の返済がお前にはできるのか？」

叔父は書類の束から何枚か引っ張り出して日和に見せてきた。

叔父は口の端を上げて言った。

「ですが、僕が妊娠できないことがばれたら……」

口ごもった日和に叔父は表情を消した。

「お前が行かないと言うならば仕方ない。日菜子を行かせるしかないね」

「それは……」

承諾できるはずがなかった。

黙り込む日和に叔父は微笑んだ。

「自分の種族の子が欲しい家に、真美原のオスはもってこいだ」

日和は自分が追い詰められていくのを感じていた。

「でも、僕、あの……、フェロモンが、出ないです、し」

ぎくしゃくと言い逃れようとする日和に叔父は覆いかぶせるように続けた。

「心配しなくてもいい。擬似フェロモン薬を手配しよう。服用すれば一時的にフェロモンを出せるようになるらしい」

本来はフェロモンの出が悪い人が不妊治療の一環で処方される薬なのだそうだ。

日和は膝の上の手を握りしめた。日菜子の為だとわかっていても、契約の為に嘘を吐くなんて、自分にできるのか。

「大丈夫、どうせ断られるのだからお前はあちらに行って座ってくるだけでいい。そうだ、それでお前の借金も消してやろう」

「……え、……は、はい……」

「よく言ってくれた！　子を産めぬオスなんぞとんだお荷物だと思っていたが、お前を育ててきた甲斐があった！」

承諾したつもりはなかったのに、話を進められて日和は奥歯を噛んだ。叔父も他の一族の者達と一緒で、日和を厄介者だと忌々《いまいま》しく思っていたことには何となく気付いていたが、本音を隠そうともしないあからさまな態度に心がささくれ立つ。

妹の結婚は回避できた。借金もなくなる。それだけでも収穫だと思わなければ。

ワシの一族は誇り高いと聞く。日和に騙し通せるだろうか。自分が犯す罪に、心臓が早鐘を打つ。

（見合いに行くだけ。気に入られるはずがない）

日菜子は幸せになれる。

これでいい。これでいいのだ。

§

見合いから三日後、日和がダイニングルームへと案内された時、すでにアドラー家の人々は揃っていた。恐縮する日和に、正式な会食でもないし気を楽にして、とアドラー夫人はにこやかに言う。

花やキャンドルが飾られた六人掛けのテーブルの一番端にアドラー氏が座っている。ルロイの母とルロイがアドラー氏の横に並び、日和はルロイの真向かいだ。日和が座ると、前菜やスープがメイドによってタイミング良く運ばれてくる。給仕の他に、壁際には要望を聞いてくれるメイドが二人控えていた。

日和は出国前に詰め込んだテーブルマナーを頭の中で必死におさらいした。これまでの食事はコース料理ではなく、テーブルマナーは必要なかったのだ。

日和の歓迎会でこのレベルなら、会食や晩餐会《ばんさんかい》の時はどうなるのだろう。日和は気が遠くなりそうだった。

「旅の疲れはとれたかしら？」

アドラー夫人はルロイと同じ琥珀色の目を柔らかく微笑ませた。

斜向《はすむ》かいに座るアドラー夫人は銀色のカトラリーを綺麗に操っている。姿勢の美しさ、仕草の雅《みやび》さが一枚の絵のようだった。

「はい、もうすっかり。今日は、ルロイさんに馬に乗せてもらって、畑やワイナリーを案内してもらいました」

「ワインの試飲はしてみた？」

結婚してからはルロイと毎日過ごしている。仕事は大丈夫なのかと聞いたら、日和と親交を深める為にしばらく休みにしたらしい。

「馬に乗るのが初めてで、気分が悪くなるかもしれないからと遠慮しました」

「ヨーロッパで賞を取った銘柄もあるの。是非、飲んで欲しいわ」

義母はそう言って、メイドにワインを持って来させる。ワシのブランドマークの入ったラベルを確認すると、義父がナイフで封を切り、コルク栓を開けた。

「去年は天候に恵まれて、葡萄のできが良かった」

「あの、すいません、僕は少しだけで……、お願いします」

日和の前にグラスが置かれる。赤ワインは渋みが強いイメージがあるから少し苦手だ。加えて日和は酒に強いわけでもない。粗相するのも嫌だから、味見程度にしてもらった。

「この婚姻に幸い多かれ、乾杯」

義父がグラスを掲げるのに合わせてルロイたちがグラスを持ったので、日和もグラスを持ち上げた。乾杯の後はすぐに口につけるのがルールだったはずだ。

口に含んだワインは、予想と違ってするりと喉を落ちていった。渋みが少なく、飲みやすいが、ワインは度数が高いので飲みすぎない方が賢明だろう。

ワイナリーでは、ルロイはワインの代わりに早生りしてしまった季節外れの葡萄を味見させてくれた。小粒なそれは皮ごと噛むと、口の中で濃厚な甘さが広がった。この凝縮されたうまみと甘みが、皮のタンニンでワインに独特な風味を与えるのだとルロイは目をきらきらさせて説明してくれた。

『まだ我が家で作ったことのないロゼのスパークリングをいつか出したい。来年はそれに打ち込もうと思っている』

案内されながら、ルロイが家業を大事に思っているのをひしひしと感じた。経営だけではなく、ルロイは醸造家として現場にも携わっているという。ルロイは目標を実現するためのしっかりしたビジョンも持っている。誇りを持って仕事に携わっている姿が眩しかった。

そして初めての乗馬は緊張したが、ルロイのサポートのおかげですごく楽しかった。

「馬が日和を気に入ったらしくて、日和を甘噛みしていた」

ルロイの愛馬に髪をもちゃもちゃ甘噛みされたことを彼が言うと、義母が目を丸くした。

「まぁ、ルロイの馬は気難しくて、滅多《めった》に他の人に懐かないのに」

日和はあれは完全にからかわれていただけだという気がするので素直に頷けずにいた。

「ほら、俺が言った通りだろ?」

ルロイはにこりと笑った。

日和は不意に見せられたルロイの全開の笑顔にどきりとした。

馬へ乗るのを助けてくれた時の大きな手、ゆるぎなく引っぱり上げてくれた腕の強さ、日和を自分の前へ乗せてくれたのだが馬の動きに合わせてルロイの体が背中に触れるのがくすぐったくて落ち着かなかった。

日和は無意識にルロイを見つめる。それに気づいたルロイがグラスに口を付けながらふっと目を細める。見ていたことがばれて気まずくなった日和は慌てて食事に集中する。

「日和様」

名前を呼ばれてはっとする。メイドが空になったグラスに水を注ごうと水差しを持って立っていた。

「あ、はい、お願いします」

クリスタルの水差しから水を注いでもらいながら、断る時は注がれる前に手でグラスを押さえるようにすればよかったっけ、と頭の中でマナーをおさらいする。

（大丈夫、ちゃんとマナーの勉強したし、大丈夫……）

到着した日からうすうす感じていたのだが、アドラー家には家族それぞれにお付きのメイドがいるようだった。日和にもメイドがなにかと用を伺いに来るのだ。

初めて泊まった朝もそれで一騒動があった。日和に与えられた部屋には、バスルームとウォークインクローゼットがついている。いつものように自分で朝の支度をしていた日和を、メイドが起こしに来たのだ。彼女はそのまま着替えを手伝おうとしたので日和はかなり当惑した。そして話し合った結果、お願いがある時はその都度頼むということでなんとか落ち着いたのだった。

ただ毎日の部屋の掃除や洗濯などはメイド達の仕事だと譲ってくれなかったので、薬の管理に気をつけなければならない。

日菜子との暮らしは自分達で身の回りのことをする庶民のそれで、こんなふうに家族ではない誰かが生活に食い込んでくることに違和感があった。

真美原家自体は旧家で使用人も多くいるから、日和もそういう生活様式なのだと思われているのかもしれない。

メイドに運ばれてきた皿から嗅いだことのないよい匂いがする。日和の前に置かれた白い皿の上には子羊のロースト。日和は俄かに緊張した。

付け焼刃の日和と違って、向かいに座るルロイはゆったりと食事をしている。これが彼らの日常なのだと思い知らされる。

（ちゃんとできるかな……）

日和は失礼にならないよう、話を聞いている態でナイフを動かした。柔らかい赤味の肉に、グレービーというソースを絡めて口に運ぶ。大丈夫だ。ソースが口の端についたがすぐに舌で舐めとったので、誰にも気づかれていないに違いない。

（とんでもないところに来てしまった……。お箸のありがたみを感じる……）

所詮《しょせん》はにわか仕込みのテーブルマナーだった。付け合わせのグリンピースをフォークで刺そうとしてころりと皿の外へ転がしてしまった。そして焦ってフォークで掬おうとして失敗した。

「あ」

かしゃんと高い音が天井に響いて日和は身を固くした。袖口にひっかかったナイフが落ちたのだ。ナイフはテーブルの下に滑っていく。

反射的に日和は席を立った。椅子が耳障りな音を立てたのを気にする余裕もなく、さっとしゃがみこんで、日和はすぐに自分の失態を悟った。

（やってしまった）

落としたカトラリーは給仕に拾ってもらうのがマナーだ。どっと冷や汗をかく。日和は慌てて立ち上がろうとしたが、ごっという音とともにテーブルで後頭部を強打した。全身を痺れが駆け抜けた。頭を抱えて痛みに悶《もだ》える。

床に座り込んだお尻に違和感があった。日和は自分の尻尾がふさりとトラウザーからはみ出てしまっていることに気づいた。

（馬鹿だ、僕……！）

あまりの失態に目に涙が滲んだ。恥ずかしすぎてテーブルの下から出ていけない。

その時だった。かしゃんと澄んだ音を立ててフォークが床に落ちた。

「ルロイ？」

アドラー夫人が驚いたように言った。

（え……？）

ルロイが座ったままテーブルの下を覗き込んできた。日和はぽかんとした。

「うっかり落としてしまった」

　呆然としている日和と目が合うと、ルロイが綺麗なウィンクをした。日和にはそれが悪戯《いたずら》が成功した男の子のように見えた。腕を伸ばすと、ルロイはフォークを掴み上げる。そしてついでのように日和へと声をかけてきた。

「日和、立てるか?」

　答えられずにいると、ルロイは席を立つ。ルロイの革靴はテーブルを回り込み、日和の横で止まった。

「おいで、日和。大丈夫かい?」

　ずっと隠れているわけにもいかず日和がのろのろと差し出された手を取ると、強い力で引っ張り上げられる。

「わっ」

　思いがけない強さにバランスを崩した日和を、ルロイが危なげなく抱き留めてくれた。その途端、新緑の森のような匂いがふわりとした。

(香水かな……、いい匂いだ……)

　半ば夢見心地だったが、自分がルロイに抱きしめられるようにして立っていることにはっとする。

「あ、ありがとうございます……」

「大丈夫。何も心配しなくていい。さっきすごい音がしたが、痛くないか？」

慰めるように頭を撫でられて泣きそうになる。

鈍い日和にもさすがにわかった。日和に恥をかかせないように、ルロイもあえてフォークを落としてくれたのだ。何気ない行動だろうが、彼の人柄に日和は感動した。長い間、失敗した時にこんなふうにフォローされることなんてなかった。

「ふわふわの尻尾だな」

「ふわ？　あ、し、失礼しましたっ」

我に返って、日和は尻尾を消した。はしたないところを見られてしまった。

「さぁ、食事を続けよう」

何も気にすることはないと力づけるように日和の肩をぽんと叩いた。ルロイは颯爽《さっそう》と席に戻っていく。

さりげないその行動に日和は胸の中がふわふわした。

幸いなことに、アドラー夫妻も怒ってはいないようで和やかな表情をしていた。

「あの子達、何も心配なさそうだね」

「ええ、あなた、本当に微笑ましいこと。なんだか私達が初めてデートしたときのことを思い出してしまいましたわ」

何か囁き合っている夫妻に謝罪して座ろうとすると、メイドが椅子を引いてくれた。既に新しいカトラリーがセッティングされている。叱責されてもおかしくなかったのに、日和は自分の失態を大目に見てくれたアドラー家の人々に感謝した。

「ところで日和くん。発情期に合わせて、来てもらって申し訳なく思っている」

食事が中盤に差し掛かって、アドラー氏が改まったように言った。そういう話になっているのかと、内心の驚きをおくびにも出さないように必死に平静を装う。薬を服用すれば数時間後には効果が表れるという。だからすぐに発情期が来たということにするのも可能だった。

アドラー家が日和の発情期を重視するのも当然のことだ。ルロイに日和のフェロモンが作用しなければこの婚姻に意味がないからだ。

「父さん、俺から説明したい。俺と日和のことだから」

「いや、親としては、息子に責任を押し付けたくない」

眉を寄せるルロイを宥めるように、アドラー氏は首を振った。しばらく二人は無言で見つめ合ったが、アドラー氏が観念したように溜息をついた。

「……ありがとう、父さん」

ルロイは小さく頷くと、日和を真剣な目で見やった。

「新婚の、俺達の初夜のことだ」

アドラー家では旧習を受け継ぎ、初夜を親戚の長老や重鎮立ち会いのもとで行うという。性的なことに疎い日和には、夫との初めての触れ合いを誰かに見られるということは、想像の範囲を超えていた。

「立ち会いをなくせないか一族の年寄りたちにかけあったが、ルロイは、今まで、その、同性と交際したことがないし、オスの君と子供を作れるのか不安だと訴える者もいてね」

アドラー氏が申し訳なさそうに眉毛を下げて言葉を挟んできた。

「私も古臭い習慣だとは思っている。が、伝統というものを疎かにもできない。因習にも必要な理由があるから」

とっさに嫌だと思った。衆人環視のもとで性行為なんてしたくなかった。

「ど、どうしても、誰かに、見せなければならないんですか……？」

「日和」

名を呼ばれて、救いを求めるように日和はルロイを見つめた。

「ベッドの天蓋《てんがい》のベールを下ろし、部屋の隅に、最低限の人数で、できるだけ目立たないようにさせる」

がんと頭を殴られたような衝撃に、ルロイの声が耳を虚《むな》しく通り抜けていく。

（僕、ルロイなら、そんなことさせないって言ってくれるかもしれないって思っていたんだ……）

ルロイはフェアな人だ。最初から言っていたではないか。義務で結婚をするのだと。伝統や一族の意向が重視されるのもやむをえないのだろう。日和だって旧家の真美原に育ったのだから、しきたりや伝統が大事なのはわかっている。わかっているはずだった。

日和は傷ついている自分を不可解《ふかかい》に思った。

（なし崩しに初夜に持ち込むこともできたのに、こうやって前もって僕に知らせてくれるのは、アドラー家の人々の誠意だ）

自分が何のためにここにいるのか、忘れてはならない。ワシの子を生む。この一点だけが重要なのであって、日和の気持ちなんてはなから斟酌《しんしゃく》される余地なんてないのだ。

黙り込む日和をルロイは痛ましそうに見ている。

「……わかり、ました」

自分のものではないような声が諾と答える。アドラー夫妻もほっとしたように笑顔になった。

今夜にでも薬を飲まなければ。

オスのタヌキの発情期は三か月に一回ほどの割合で訪れるが、体調や個体の差もある。発情期が来ると特有のフェロモンを出して、繁殖できる個体であることをアピールする。そして発情期に性交すれば高い割合で受胎する。

一週間ほど続くその期間中は性欲が高まり、人によっては体調を崩したり、情緒が不安定になるケースもあるという。ただそれらはパートナーに愛されることで安定すると言われている。パートナーのいない者は薬で対処するのが一般的だ。

フェロモンは自身では感じ取れず、どんな匂いなのかは受け取る人によって様々だ。相性が良い場合はとても好ましく感じられるらしい。

フェロモンとは生殖ホルモンに連動して分泌される匂い物質だ。発情期が来ていない日和は、初夜に備えて一時的にフェロモンを出す薬を服用しなければならない。

薬を服用した後、残りは薬が入っているようには見えない綺麗な鍵付きの小箱に入れて、ベッドの脇にあるサイドチェストにしまう。

(大丈夫、何もかも、うまくいく)

その時、ドアがノックされた。日和がドアを開けると、ルロイがにこやかに立っていた。

ルロイは部屋に入ると、いつものようにソファにゆったりと座った。

「君に会うのが待ちきれなくて、迎えに来てしまった」

ルロイは今日もどこかに案内してくれるらしい。なんの気負いもない、ストレートな好意の表現に、日和はどういう反応をしていいのかわからない。突っ立ったままの日和を促すように、ルロイは隣をぽんぽん叩いた。

「ありがとうございます」

座った途端、肩を抱かれ頬に口付けをされて顔が熱くなる。

「僕の為にわざわざお休みにしてもらって、心苦しいです……」

「有給が溜まっているし丁度いいんだ。今日こそワイナリーで試飲でもしよう」

「是非ともお願いします」

「よかった。それじゃ、これを」

ルロイはジャケットのポケットから出した細長い箱をこちらへ差し出した。なんだろうと日和はきょとんとしてしまう。心当たりがなく手を出すべきなのか迷っていると、ルロイはにやりと太く笑った。

「贈り物はワシの求愛だ。受け取ってくれ。次はスーツだな。近々採寸に行こう」

「え、求愛……、あの……、すいません、頂きます……」

求愛と言われて気まずさを感じるが無下にもできなくて受け取ってしまう。何をくれたんだろう。後で開けようと日和はプレゼントを胸元に抱き締める。

するとルロイはなんだか腑《ふ》に落ちないというふうに表情を曇らせた。

「……どうして包みを開けないんだ？」

「贈り物を贈った当人の前で開けるのは失礼にあたりませんか？」

「こちらではその場で開けるぞ?!　開けられないと、プレゼントを贈られること自体気に入らなかったのか、プレゼントに興味がないのかと心配になる」

だから微妙な面持ちをしていたのか。カルチャーショックとまでは行かなくともそういうことに度々出くわす。駄目なことははっきりと「ノー」と伝えていい、『お客様は神様』である日本と違って客に対して従業員がフランクに接する、など文化的背景や習慣がかなり違うので日和は戸惑うことがままあった。

「今度から俺の目の前ですぐに開けてくれないか？」

拗《す》ねたような表情がルロイを子供っぽく見せて、かわいらしい面もあるのだなと日和はくすりと笑った。早速プレゼントを開けると、中身はアプリコット色の柔らかなネクタイだった。

「ありがとうございます。あまり持ってないので、とても助かります」

入園式などの行事以外でスーツを着る機会がなかったので、日和はネクタイもスーツも一式しか持ってない。アドラー家ではきちんとした服装をする機会が多そうなので、正直なところネクタイを貰えたのはすごく助かるのだ。恐縮しつつもありがたく受け取る。

「……なんだか今朝は雰囲気が違うね」

日和の顔を覗き込むようにルロイが身を寄せてきた。

「……うん、ちょっとフェロモンの匂いがする。優しい匂いだ」

どきりとする。もう、変化が起きているのだろうか。

自分の体臭を確認されているようで居心地が悪くなる。

「ルロイ、恥ずかしいです。やめてください」

消え入るような声で訴えると、ルロイはぱっと離れてくれた。さらに自分は日和を傷つけるつもりはないというように軽く両手を上げる。

「すまなかった、あまりにもいい匂いだったものだから」

羞恥《しゅうち》のあまり口調がきつくなったかもしれないと、気まずく日和も首を振った。

「……たぶん今夜、ほ、本格的にフェロモンが出ると、思います」

「それなら万が一に備えて、予定はすべてキャンセルしよう」

ルロイはその場でどこかに電話をかけ始める。

「せっかく色々と計画を立てて下さったのに、すみません。残念です」

気にするなというようにルロイは微笑み軽く首を振る。ルロイがよくしてくれればくれるほど、彼を騙していることに罪悪感を刺激された。そんな日和に気づくことなく、ルロイは日和の頭にキスを落とした。弾かれたように日和はルロイを見た。

「……楽しみだ」

ぽそりと低く言った彼は、いたずらっぽく笑った。


夕食はいつもより早く軽めにすませた。その後にメイド三人がかりで頭から爪先まで丁寧に洗われて、日和は初めて入浴で疲労困憊《こんぱい》するということを経験した。その後に奥まったところにある部屋へと連れていかれた。

部屋の中心には日和が五人ぐらい寝転がれるほど大きな天蓋付きのベッドが置かれていた。四方に綺麗な唐草が彫《ほ》られた黒檀の柱には、天蓋から垂れる薄布が束ねてある。

ここで代々の当主が初夜を迎えたのだろう。最初こそ緊張していたが、ルロイはなかなか現れなかった。

時間を持て余してベッドに横たわると、夕食時に勧められた甘い酒のせいかうとうとした。

「ん……」

額に何かが触れるくすぐったさに日和は瞼《まぶた》を開けた。室内をナイトランプが仄かに照らしている。

「目が覚めたか?」

髪を撫でる掌とルロイの声にはっと日和は覚醒した。

(そうだ、初夜……!)

日和は飛び起きた。

「あの! す、すみません、僕、こういった経験がなくて、はは、初めてでっ」

あわあわと言わなくていいことまで口走る。焦っている日和にルロイは目を瞬いた。

「日和、大丈夫だ。落ち着いて、深呼吸しよう」

ルロイは日和とよく似た白いパジャマを着ていた。手を取られると指先に温かな唇が寄せられる。これから彼とセックスするのだという実感が急に湧いた。恥ずかしさと未知の経験への好奇心と怯《おび》え。心臓の音がことことと騒がしい。

ルロイが天蓋の薄布を下ろすとベッドの中は白っぽい闇に包み込まれ、すぐ傍にいるルロイしか見えなくなる。もしかしたら、この部屋には日和とルロイしかいないのではないか、などと錯覚を起こさせる。

「ルロイ、あの、女性の姿、にもなれますけど」

タヌキは一時的に自分の望む姿に化けられる。しかしルロイはきっぱりと断った。

「そんな気遣いは不要だ。俺はオスの日和とパートナーになるんだから」

目眩《めまい》を感じるほどの高揚感が日和を襲った。

（……いい匂いがする）

ルロイの新緑の森のような匂いがいつもよりはっきりと感じられた。呼吸の度にそれが肺の中を満たす。だけどこれまでと違って、体の奥がむずむずするような感覚があった。

「ルロイ、なんだか、体が変です……」

日和はごくりとつばを飲み込んだ。妙に息苦しくて、靄《もや》がかかるように頭の中がぼんやりしていく。

「すごくいい匂いがします……」

「好きな匂いかい？」

「はい、とても」

花に引き付けられる虫のように日和はルロイの肩へ額をこすりつけた。

「俺たちの相性はいいみたいだな」

「あ……、これ、ルロイのフェロモン……？」

ルロイが発情しているのだ。その証をうっとりと吸い込んで、日和は満ち足りた溜息をついた。胸がどきどきとときめくのに、四肢の緊張がほぐれてしまう。

発情したオスのフェロモンは、メスの発情を早めたり排卵を誘発する働きがあると子供の頃に教えられた。それが納得できてしまうほど日和を魅了する匂いだった。

「日和」

マットレスに優しく押し倒される。

「君のここに、キスしてもいいか？」

覆いかぶさったルロイの指がそっと唇を撫でた。

「……はぃ、ん」

言い終わる前に口を塞がれていた。大きな唇が柔らかく触れては離れ、その度に濡れた音が響いた。鼻息が彼の顔にかかりそうで、どうやって呼吸すればいいかわからなくなる。

（息、苦しい……）

どうすればいいのかわからず、ルロイの唇が離れた瞬間大きく息をした。

「っは、は、はあ」

息を吸えば、たちまちルロイの新緑のような匂いが体中に広がった。

「腕はここに」

「は、い」

言われるまま素直に日和は腕を彼の首へと回した。

肉体の存在を確かめるように、大きな手は体をなぞった後、パジャマの裾をめくり上げた。薄い胸を揶うようにまさぐられているうちにぷくりと膨らんだ胸の先を、ルロイの指に押し潰された。あ、と声が漏れる。くにくにと押し込まれたかと思えば、今度はぴんと尖《とが》った先っぽをくすぐるようにこすられた。

「あ、あ、そんなところ……」

こんな箇所で気持ちよくなるなんて信じられなかった。しかし確かにルロイが触る端から、じわじわと全身に快感の波紋が広がる。日和はもぞもぞと内股をこすり合わせた。

「日和、ここは？　いい？」

「んあぁっ」

まわりの薄い皮膚《ひふ》ごと両方の乳首をきゅっと摘まれ、そのままこねられてしまう。

「教えてくれ、日和、そうじゃないとわからない」

「あ、あぁ……、き、もちぃ……」

息も絶え絶えに言って、はっとする。自分は何を口走ったのだろう。日和は赤面した。

「っ、……んん」

恥ずかしさのあまり顔をそむけるが、許さないというようにルロイの唇が追ってくる。柔らかなキスは顔中に落ちてきた。

「恥ずかしがらなくていい。我慢しないで」

いつの間にかボタンをすべて外されていた。日和ばかり服が乱れて心細いのを察したように、ルロイが身に着けていたものを脱ぎ捨てる。あらわになった逞《たくま》しい胸が自分の薄っぺらいそれとあまりにも違ってどきどきしてしまう。

汗ばんだ素肌を重ね合わせる生々しさに、思わず逃げを打とうと腰をよじる。その途端、性器が布越しに擦れた。

「あ……っ」

ルロイの立ち上がっている性器に驚き、首から腕を離してしまった。

（ルロイのも、たってる……こんな、おっきい……）

日和の性器が立ち上がっていることもすっかりばれてしまっただろう。けれどルロイに上から両腕を押さえ込まれ、逃げられなくなる。その時だった。

――こと。

小さな音だった。だが我に返るには十分過ぎた。そうだ、この薄布のむこうには当主の初夜を監視する存在がいるのだ。陶酔から覚めて身を固くした日和に、ルロイは額を合わせて囁いた。

「恥ずかしがらなくていい。ここには俺しかいない」

そんなの、嘘だと日和もわかっている。でも逃げることは許されない。ルロイの与えてくれる気持ちよさと、誰かに見られている羞恥に涙目になりながら日和はルロイにしがみついた。

「ルロイ、ぼく……」

「力を抜いて、そう、上手だ、日和」

ルロイは辛抱強かった。呆れることなくおじけづく日和を、丁寧な愛撫で高ぶらせていく。次第に降るようなキスと先ほど快感を知ったばかりの乳首をいじめるルロイの手の動きに意識が集中する。恥ずかしくて死にそうなのに、快感がそれを押し流した。

「ああ、あ、う、ルロイ……！」

「そう、上手だ、もっと声を」

「ああ！」

ボクサーパンツのウエストから手が滑り込み、立ち上がった性器を直接触られる頃になると、日和は声を抑えることもできなかった。

繊細《せんさい》なところを他人の手にゆだねる怯えと、与えられる知らない愉悦。張りつめた先端からもう少しで精液が出そうになるという瞬間、ルロイははぐらかすように指を離した。

「あ、う、なんで」

「だめだ、日和、今は我慢しよう」

射精すると、慣らす時に辛いかもしれない。そんなことを言われても、すぐそこにある絶頂を求めて、物欲しげに腰が揺れた。

「や、いやぁ」

期待していた愛撫を与えられず、射精できないもどかしさに日和はかぶりを振った。

陰嚢の奥を揉み込むように押されてむずむずした。くちゅくちゅと扱かれる性器とは別に体の芯が切ない。思わず尻をきゅっと締めると、とろりと何かが零れた。日和ははっとする。風呂に入った時に仕込んだオイルキューブが溶け出したのだ。

(体の奥が濡れるって、こういう感じなのか……)

アドラー家に嫁ぐにあたり、孕《はら》めるオスは気持ちよければ内襞が潤うと教えられていたけれど日和は絶対に濡れないのでオイルを使うしかなかった。

ここでオスを受け入れるのだと思うと、経験のなさから不安になる。

「――あうっ」

急に鎖骨のあたりに小さな痛みが走った。ルロイが甘噛みしたのだ。

「日和、考え事とは余裕だな」

責めるように目を細めるルロイに、日和はまさかと首を振った。余裕がないのはルロイだってわかっているくせに。今夜のルロイは意地が悪い。

「や、ちが、余裕なんて、ないのに……噛んだところ、痕になるんじゃ……？」

日和には見えないが、ルロイとセックスした印だ。何かの拍子に誰かに見られるかもしれない。情事の痕跡が残るのは恥ずかしい。

「恥ずかしがる日和はかわいいな」

「え」

ルロイはいいことを思いついたというように笑っている。

「鏡を見る度に今夜のことを思い出せるよう、もっと俺の印をつけよう」

ちゅ、ちゅっと胸元を痛いほど吸われてキスマークを残される。ルロイの意地悪に抗議しても、手加減するよう懇願《こんがん》してもルロイはやめてくれなかった。

新しい涙が目の縁に盛り上がる。拗ねたように顔を歪《ゆが》めると、今度は微笑んだ唇で鼻先を食まれた。

「……ふふ、意地悪が過ぎたか？」

「ルロイ、ひ、ひどい……は、ふあ、ああ」

はふはふと息をするだけで精いっぱいの日和は、自分がパジャマを脱がされていることにしばらく気付かなかった。ルロイは慣れているのだろうか。迷いのない手つきで最後に残っていた下着を足の先から抜いた。その間も愛撫は止むことなく日和を翻弄《ほんろう》する。日和は足の間に滑り込んできた手に泡を食った。その手を拒むようにぎゅっと足を閉じた。

「日和、ここを緩めてくれないか」

「っ、……あ、あの……でも……」

逡巡するが、いずれルロイの目にさらされるのだからと、観念して日和はおずおずと腿の力を抜いた。ルロイの顔が見ていられず、顔を背けてシーツに押し当てた。経験したことのない快楽と自分でも見たことのない奥をルロイに自《みずか》ら晒《さら》さなければならない羞恥に、情緒がぐちゃぐちゃになっている。足の間に、ひやりと冷たい夜の空気が入り込んでくる。ルロイの指が後ろの孔に触れると、オイルでぬるりと滑った。

「……オイルが漏れてる……」

「やぁ……言わないでぇ……」

恥ずかしくて心臓が爆発しそうだ。興奮と気持ちよさのせいか、体の奥がさらに熱くなっていくような気がした。

「息をして、日和」

「は、はい」

息を大きく吸って吐いた直後、ぬくりと何かが入ってきた。びくんと足を突っ張らせた日和を宥めるように、やわやわと性器を慰められる。すると気持ちよさに支配され、体がゆるゆると弛緩《しかん》した。

「あ、あ、あ」

「上手だ、日和、そのまま。いい子だ」

固く閉じたそこを広げるように指が動いた。ぐちぐちと生々しい水音がひっきりなしに立つ。狭い場所で、ルロイのあの綺麗な指がうごめいている。その背徳感と違和感に泣き言が漏れる。

「もう、いや、も、指、やぁ、ルロイ、ああ」

「日和、もう少し我慢して」

ルロイは容赦《ようしゃ》なく執拗《しつよう》に日和のそこを開いていく。今、指は何本入っているのだろう。

「だいぶ、蕩《とろ》けてきた」

「あ、そこ、っ……ん、も、お願い、抜いて。お腹、いっぱい、だから……っ」

耳を噛まれ、ぞくぞくと背中が粟立《あわだ》つ。口を開けば今まで出したことのないような鼻声が上がる。これが嬌声《きょうせい》なのか、と頭の隅で他人事のように思った。

「もう、や、も、だいじょ、ぶ、だから……っ」

快感がじれったい。高ぶった性器をかわいがられるのに射精は許されなかった。涙と汗で顔をぐちゃぐちゃにした日和の気が遠くなりそうになってから、ようやくルロイは中を塞ぐ指をずるりと抜いた。

「……っ」

「そろそろ、いいだろう。……ゆっくりするから、俺の背中に、腕を回せる？」

半身を起こしたルロイの声がかすれている。情欲を滴らせる彼にどぎまぎする。日和はルロイに言われた通り彼の背中に腕を回した。

「ルロイ、あの、……や、優しく、してください……」

「ああ、わかった」

汗に濡れた日和の膝裏に手を回し、足の間にルロイは自身の体を挟み込ませる。そして日和の頭の横に肘をつき、額にキスをした。腕の中に閉じ込められると、いよいよその時が来たのだと緊張に日和は唾を飲み込んだ。

「痛かったら言うんだ、いいね？　我慢は禁物だ」

「は、はい……」

ちらっと下を見やって日和は目を見張った。ルロイのそれは腹につくほど反り返っている。初めて間近で見る他人の高ぶりに目を奪われた。ルロイが性器を片手でつかみ、後ろに馴染《なじ》ませるように先端をぬるぬるとこすりつける。そうしてから薄い皮膚を伸ばすようにして、噤んだ入り口にゆっくりと潜り込ませた。

「――ああっ」

覚えず声が上がって喉が反り返る。苦しい。みちみちと狭いところを固いもので開かれていく感覚に、日和はシーツを掴んで耐えた。だが少し進んだところでルロイは止まった。

「ん、っ……日和、力を、抜いて、息、するんだ」

「は、い、……あっ、あ、んんっ」

日和は目を閉じて、言われた通りに意識して呼吸をする。直後、ルロイの屹立《きつりつ》が再び隘《あい》路《ろ》を押し広げていくのがわかった。心なしかさっきよりは苦しくないが、心臓がどくどく脈打っていた。お腹がいっぱいになっていく。全身が汗だくになる頃、二人はようやく重なり合った。

「……日和、目を開けて」

濡れて重くなった睫毛を上げる。ルロイの耳が赤く染まっている。汗で張り付いた前髪が艶っぽい。必死だったのは自分だけではないのだと、嬉しいようなくすぐったいような気持ちになって日和は微笑んだ。するとルロイはどこか痛むように眉を寄せた。日和のそこは狭いから、ルロイも痛いのかもしれない。

自分ではない誰かに柔らかなところを明け渡す。違和感と圧倒的な質量。日和はオスを受け入れる生き物になった。達成感と、今までの自分がいなくなったような喪失感を覚える。

日菜子の代わりに見合いをしなければ、日和はたぶん一生こんな経験をすることはなかった。

初めての相手がルロイであることに、日和は胸がいっぱいになった。

「痛いか?」

日和がかぶりを振ると、ルロイは額の汗を拭ってくれた。

「……あの、全部、入ったのですか?」

「……いや、実は、まだだ」

こんなに存在感があるのに、まだすべてではないのかと空恐《そらおそ》ろしくなる。なのに、先程見た大きなものがもっと深くまで自分の中を塞ぐのだと倒錯的な喜びがじゅわりと体の奥から湧いてきた。できるだけ脱力して、ルロイにぎゅっと縋りつく。

「……あ、ね、だいじょ、ぶだから、もっと、入れてください」

「……わかった、力を抜いて、行くよ」

熱い息をふうふう吐きながら、必死に日和はルロイを受け入れようとした。

するとと最奥をぐっと押され、何かを突き破るような衝撃が日和を襲った。体の奥深くがじんじんする。

「……入った」

ふぅ……とルロイが満足げに大きく息をついた。尻にルロイの下生えが当たるほど深くつながっている。

薄っぺらい下腹を日和は撫でた。この中に彼がいる。そのことに不思議な充足を感じて日和の唇は自然に微笑んでしまった。

「――っ、日和っ」

「ああん！」

体の奥にさらに入りたがるように突かれて日和はのけ反る。

何がルロイの琴線《きんせん》に触れたのか、感極まったように抱き竦められキスをされた。体がさらに密着する。ルロイの肉厚の舌が日和の口の中を味わうようにうごめいた。

若葉のような爽やかな匂いにつつまれ、口の中をいっぱいにされ、日和は感じたことのない心地よさにとろけそうだった。肉体の快さだけではない幸福感が日和を満たしていく。

「ん、は、……う……っん」

舌が抜かれても唇が重なったままで、自分とルロイの吐息がもつれ合う。ルロイのフェロモンのせいで何も考えられない。

「日和、日和……」

堪らないというようにルロイが名前を囁いた。唇を甘噛みしたルロイはぐっと腕に力を入れ上体を起こした。二人の間にこもっていた熱が逃げ、胸や腹がすうすうする。

(あ、寂しい……)

離れて欲しくないなどと、一瞬馬鹿なことを思う。ルロイの性器と自分の後腔が嚙み合ったままだというのに。

「婚姻は成った！　これ以上の介添えは無用だ！」

「っひゃあ……！」

突然の宣言に日和は竦《すく》み上がった。拍子にぎゅっと中にあるルロイを締め付けてしまった。ルロイは顔を歪め一瞬つらそうに俯いた。

そうだ、これは儀式だった。

一族の繁栄の為に娶られたタヌキのオスに、ワシの次期当主が欲情し務めを果たせるかどうかの。

誰かが立ち会うことにショックを受けていたが、セックスが衝撃的すぎて何もかも吹き飛んでしまっていた。自分ばかり夢中になっていた日和は、ルロイが務めを忘れず理性的にふるまうのを少し物足りなく思った。

しばらく薄布の外を警戒するようにじっとしていたルロイだったが、ぱたりとドアが閉まる音を聞いて、ふっと肩から緊張が抜けた。

「……これで、本当に二人きりだ。日和、ありがとう」

「え」

「日和が条件を受け入れてくれたから、こうやって初夜を迎えられた。だから、ありがとう」

ルロイが頬を上気させながら柔らかく目を撓めた。彼の琥珀色の光彩にチェリーアンバーの小さな点が星のように散っていて、日和にはきらきら煌《きら》めいて見えた。

日和はきゅっと唇を引き結んだ。

ずるい。

こんなふうに優しくされたら、どういう顔をしたらいいかわからなくなる。

こんなふうに、まるで大事なもののように扱われたら、ひょっとして好意を持たれているのでは……などと誤解してしまうではないか。

　涙が瞼の奥に湧いてきて視界がぼやける。

「やっと、二人きりだ……」

　額に口づけが落ちてくる。自分を閉じ込めるルロイの肘の内側に、もっとくっつきたい。甘ったれた気持ちになって日和は首を伸ばしこめかみをこすりつけた。

「声を出したら少し楽だと思う、力みが抜けるから」

　奥まで満たしていたルロイの高ぶりがおもむろに抜かれ、全身に怖気が走って日和は喉をさらした。

「っあう、んん！」

「っ、ん、日和、そう、上手だ、よく声が出てる」

「ああ、あ、ルロイっ」

　ゆさゆさと揺さぶられて、圧倒的な快楽が体の奥をこね回す。気持ちよさに我を失いそうになって、溺れる人のように日和はルロイの体を足で挟み込んでしがみついた。

「あ、奥、それ、いい……っ」

「日和、ひよ、り……っ」

　上擦ったルロイの声にぞくぞくした。

（ルロイも、よくなってるんだ）

嬉しくて胸がきゅんとなる。

激しく腰を打ち付けられ、肌と肌がぶつかる音が大きくなる。先走りに濡れた日和の性器をルロイが上下に扱く。

漏れる息も重なったところの熱さも、何もかもが日和を高みへと押し上げる。気持ちいい。

「ルロイ、ルロイ、ふ、あ、あ、ああ」

階段を駆け上がるようにそこへ辿り着く。細胞の一つ一つが違う何かに生まれ変わっていくような気がした。日和は幸せに包まれながら法悦に飲み込まれるように、意識を途切れさせた。

「——あ、僕……ん、けほっ」

喉の奥が乾いていてうまく声が出ずに日和は小さく咳をした。咳が落ち着いた日和は、ルロイが不安そうに自分を見下ろしていることに気づいた。

「気分は？　どこか具合の悪いところはあるか？」

矢継ぎ早にルロイは言った。ぼんやりしていた日和は、ルロイが何故そんなに慌てているのかわからなかった。

「ルロイ……？　どうかしましたか……？」

遅まきながら言葉を理解し返事をする。ルロイはほっとしたように頬を緩めた。

「ああ、よかった！　いきなり静かになったから驚いた。君は気絶したんだ」

「気絶……」

いつの間にか体の繋がりは解かれている。気を失っている間に拭かれたようで、腹や股間のぬるぬるがさっぱりしていた。

「気を付けていたんだが、その……、夢中になって、すまない……」

珍しく気落ちしている。いつも堂々としているルロイがしどろもどろになるのが彼らしくなくて、くすりと日和は笑った。

「……お尻が、痺れたみたいになってますが、大丈夫です……」

快感の余韻《よいん》に、お腹の中がじんじんしている。狭いところを割り開かれたせいか、まだ何か挟まっているような違和感はあるが痛みはなかった。

丁寧に慣らしてくれたおかげだろう。

「よかった……」

小さな声だった。心配してくれたのだろう。発情期は一週間ほど続く。こんなに心を砕いてくれるルロイに心配させないためにも早く慣れなければいけない。

「次からは失神しないように、練習しないと……」

今回は大丈夫だったけれど、尻尾や耳が飛び出しては興ざめだろう。どうにかしないといけない。

セックスがあんなに気持ちが良いものだなんて思わなかった。

「……ルロイ？　どうしました、寒いのですか？」

明後日の方向へ顔を背けて、んんっと妙な咳払いをしたルロイはなんでもないというふうににこりと笑った。

「……そうか。そうだな、いっぱい練習しよう」

「はい、ルロイ、よろしくお願いします」

神妙《しんみょう》な面持ちで頷くと「約束だ」とルロイの唇がそっと額に触れた。


初夜の翌朝、敏感なところが腫れぼったく感じた。

ルロイがいっぱい触ったり吸ったりしたところだ。恥ずかしさと甘い切なさが胸をくすぐる。昨夜のめくるめく記憶が蘇ってきて、日和は慌ててそれを打ち消した。

ここはまだ初夜をおこなった部屋だ。失神から目覚めた後、日和はルロイにお風呂へ入れてもらい、このベッドで一緒に眠った。

日和は寝返りを打ち、こちらむきに横たわるルロイに向き合った。ルロイはまだ寝ている。寝息も聞こえないほど静かで、日和は思わず鼻先に顔を寄せた。ちゃんと息をしていることに安心する。

「よかった、生きてる、うん」

「ふ」

不意に大きくルロイのお腹の辺りが波打った。日和は驚いて体を起こした。

「っ……、ルロイ?!」

「っ、くくく、すまない。まさか生死を確かめられるとは思わなくて」

ルロイは至極楽しそうに体をよじって笑い続けたので、日和は臍《へそ》を曲げた。

「目が覚めているなら教えてくれたらいいのに」

「すまない、日和があまりにも熱心に俺を見つめていたから、起きるに起きられなかったんだ。そう拗ねないでくれ」

「別に、拗ねていません」

唇を尖らせると、ルロイはようやく笑いを収めて片腕を白分の頭の下に敷いた。

「おはよう、日和」

「おはようございます」

気のせいか、ルロイの微笑みが甘く感じる。迫力のある美貌だとは思っていたが、こういう優しい表情をする人だったのかと、どきりとした。こんな素敵な人と、そうだ、昨夜この人とセックスしたんだ……と気恥ずかしさで顔が火照《ほて》った。

いつまでもベッドでぐずぐずしていたらルロイに怠惰なタヌキだと思われるかもしれない。日和は身支度のために起きることにした。筋肉痛のようになっている個所もあるが、我慢できないほどではない。ぎくしゃくと尻で動いて日和はベッドから下りた。立ち上がっても特にひどく痛むところはなくてほっとした。

「体は辛くない？」

ルロイが後を追ってくる。後ろから長い腕が伸びてきて、背中から抱き締められた。日和はどうすればいいのかわからずじっとしていた。

「……大丈夫です。ルロイが、優しくしてくれたから……」

「神経が興奮状態だと見過ごす怪我《けが》なんかもある」

ベッドサイドのテーブルにはクリスタルのデキャンタと揃いのグラスが用意されていた。ルロイは黄金色をした飲み物を華奢《きゃしゃ》なグラスに注いだ。

「喉が渇いているだろう？」

「ありがとうございます」

立って飲むのは行儀《ぎょうぎ》が悪いので、日和はルロイと並んでベッドへ腰かける。

グラスに口を付けると、すぐにお酒だとわかった。オレンジのような爽やかな匂い。ほのかな甘みと微かな酸味がさらりと喉を通り過ぎていく。

「これ、なんですか？　甘くておいしい」

「蜂蜜酒だ。君が来てからすぐに庭の巣箱の蜂蜜で作った」

ルロイはにやりと笑った。初日に話した蜂蜜酒のことを思い出して、反応に困るのを楽しんでいるような、少し意地悪なルロイの微笑に日和は唇を尖らせた。

ぶすくれながら蜂蜜酒を飲む日和にルロイは満足そうに微笑んでいる。飲み干したグラスをルロイが取り上げテーブルに戻す。

「発情期は一週間ぐらい続くだろう？」

頷く日和を抱き寄せながら、ルロイはすんと鼻を鳴らした。

「朝のせいかな。フェロモンが薄れている気がする」

どきりと心臓が鳴った。薬の効果が薄れてきているのかもしれない。ルロイの目を盗んで薬を飲まなければ。

一般的に発情期の間はフェロモンが漏れ続ける。その間は日和もルロイと寝室に籠もり続けることになるが、部屋に戻るタイミングはあるだろう。つまりまたルロイとセックスをするのだ。お酒を飲んだせいか、体の芯にじんわりと熱がこもっていく気がした。

「日和、キスしてくれるか？」

「え。あ、……はい……」

どぎまぎしながら、触れるだけのキスをするとすぐにルロイが覆いかぶさってきて、口を塞がれた。ねだるように歯列を舐められて、おずおずと唇を緩める。すぐに肉厚な舌が入り込んできて、敏感なところをくすぐられる。ぞくぞくとした気持ちよさに日和はぎゅっと身を竦めた。キスをしてくれと言ったのはルロイなのに、日和のほうが貪《むさぼ》られてしまう。

「ル、ルロイ、もう……」

息を弾ませた日和が切れ切れにもっと先に進めて欲しいと訴えると、ルロイがくすりと笑う。日和の体はゆっくりとベッドへ押し倒されていった。

淫らな夢を見ていたかのように発情期はあっという間に終わった。ベッドの上で睦み合う以外は寝て食べて……と怠惰な時間を過ごした。慣れない性交にぐったりしている日和を、ルロイは手ずから世話してくれた。傅《かしず》かれて暮らしているくせに、ルロイは面倒見がいい。

薬を飲みやめた翌日、フェロモンの匂いがしなくなったとルロイが教えてくれた。日常が戻ってきた、やり遂げたのだと日和はほっとした。

「今日はどうしようか。日和は何かしたいことはある？」

ベッドに腰かけて朝の挨拶のキスを交わしながらルロイに言われ、発情期前から日和は気になっていたことを切り出した。

「あの、ルロイ、マナーの先生をお願いするってできるんでしょうか？」

「ここに来てまだ日が浅い。ゆっくりここに馴染んでくれればいいさ」

「でも、僕は学ばなければならないことがたくさんあります。日本ではお箸を使っていたので、特にテーブルマナーに自信がありません」

そんな余裕を持てる状況ではないのだ。生真面目に日和が言い募ると、ルロイは仕方ないというように肩を竦めた。

「パーティーのことを気にしているの？」

「ええ、二か月後にあるんですよね？　僕も出席するのだと聞きました」

初日の晩餐のおしゃべりでアドラー夫人が言っていた。

「ああ、そのパーティーで日和が俺の伴侶だと発表される予定だ。日程や招待客の詳細はすぐに教えるよ」

「え、それって、……あの、配偶者の、僕の、お披露目ってことですよね……」

日和はますます危機感を募らせた。たくさんの人達がアドラー家の次期当主の伴侶を見にくる。マナーやダンスなど不安は多いが、なにより日和が恐れているのはタヌキを歓迎していない人達もきっと訪れる、ということだった。

アドラー家の人々が優しいので忘れそうになるが、メイドたちの中には日和を明らかに嫌っている者もいる。二年間何事もなくここに居続ける為には弱点は少ない方がいい。日和はぴんと背筋を伸ばした。

「今日からでも、何か始めたいです。正式なパーティーなら綺麗な言葉遣いも習得したいので語学の先生もお願いします」

「身内でのささやかなパーティーだから、それほど気にしなくていいが手配しよう。勉強だけども、そうだな、パーティーの為にダンスの練習もやろう。うちは皆ダンスが好きで、何かと踊るから。君に紹介したいと思っていた奴がいるんだ。ダンスが得意でね、丁度いいからあいつにマナーや語学も含めて教えるように頼もう」

ルロイは早速ベッドサイドのテーブルから携帯を取ると誰かにメッセージを送り始めた。

（お友達？　には迷惑かもしれないけど、教えてもらえるのはありがたい。ルロイのお友達ならきっといい人だろうし）

今日からパーティーまで、日和はマナーやアドラー家の人々が大好きなダンスなど、パーティーに向けて準備をすることに決まった。

「すみません、ご面倒をかけて……。僕、頑張りますね」

「つらくなったら、すぐ言うように。頑張ることは美徳《びとく》だが、無理はして欲しくない」

「ルロイは心配しすぎです……」

「なんせ、発情期が終わったばかりだ。俺が疲れさせてしまっただろう？」

低く掠れた囁きに体が震える。情熱的に愛された記憶が一瞬で蘇り、どういう反応をするのが正解なのかわからない。結局もぐもぐと『気をつけますから』などと口の中で返事の言葉を転がした。

「今日はまだ休みだ。ワイナリーに行こう。車で行けば試飲できるだろう？　服は……スーツにしようか」

ルロイがメイドを呼んで指示すると、すぐに持って来てくれる。

「ネクタイいりますか？」

ベッドサイドで着替え始めると、ジャケットをルロイが手に取った。ルロイには明らかに小さいサイズの見覚えがないそれに、また贈り物なのだと一瞬で悟った。日和がルロイを見ると、ルロイはにこにこしている。騙している引け目があるので自分にお金を使ってほしくないのだが、こんなふうに嬉しそうにされると拒めない。日和が諦めたのがわかったのか、後ろからルロイが着せかけてくれる。

(さて、ネクタイ、できるかな?)

元来不器用でスーツを着る機会も滅多になかった。よし! と気合を入れ、日和はネクタイに挑んだ。だが案の定長さのバランスが悪い上に歪なノットが出来上がった。

「ふふふ、日和、ネクタイを結ぶのが得意じゃない?」

やり直そうと解きほぐしていると、着替え終えたルロイが隣に来る。長身なのも手伝ってランウェイに出るモデルのように麗しい。肩幅が広く、胸板が厚いのだ。

「そうなんです、今までネクタイを結ぶことがあまりなくて」

必要な時は見かねた日菜子が結んでくれていた。

「ついておいで」

壁にかかっている大きな鏡の前に、ルロイはどこからか椅子を運んでくる。

「さ、ここに座ってごらん」

ルロイは座った日和の後ろへ回る。

「俺が結ぶよ。こうやって同じ向きでやるほうがやりやすい。日和も俺の手の動きが見える」

「なるほど、確かにわかりやすいです」

鏡を見ると、ルロイは機嫌がよさそうだった。前屈みになったせいで傍に来たルロイの横顔にどきりとする。ルロイの袖が時折日和の耳の端をこすって、その度に心臓がとくとく騒《ざわ》めいてしまう。日和は邪《よこしま》な気持ちを振り払うように視線を鏡に向ける。

ルロイの視線は日和の胸元に落ちている。目元は柔らかで、ルロイがリラックスしているのが見て取れ、日和まで微笑んでしまいそうになった。

しゅるしゅると心地よいシルクのこすれ合う音が胸元から上がる。節ばった長い指がノットを作り、最後にスモールチップとブレイドの重なりを調整する。

「はい、おしまい。どうかな？」

「え、あ、はい、ありがとうございました……」

（しまった、全然やり方を見ていなかった……）

ルロイの顔や指にばかり気を取られてしまった。日和は自分が見惚れていたことをごまかすようにそそくさと立ち上がった。すると、それを待ち構えていたように後ろから抱き締められる。

「ルロイ？」

「そのネクタイとスーツ、よく似合うよ」

「はい、ありがとうございます。とても素敵なものを下さって」

感謝の気持ちを表したくて、日和は勇気を出して自分のお腹に回る腕にそっと手を添わせた。

ルロイを見上げると、何故かびっくりしたような顔で固まっている。おかしな行動だっただろうかと手を外そうとしたら、彼の腕の中でくるっと体を反転させられた。胸を押し付けるようにぎゅっと抱き竦められる。

「日和……」

「ん」

名前を呼ばれて顎を上げると、当然のように口付けられた。二人の唇の間でちゅっと艶やかな音が弾けて、日和ははっとする。

「あの、僕、さっき何か変なことしましたか？」

「いいや、悪いことは何もしてないよ。日和からの歩み寄りが感じられて嬉しい」

よくわからずに首を傾げると、ふっとルロイは笑って日和の鼻先にキスをした。

ちゅっちゅっと頭の上にもキスをされて堪らず目を閉じた。

こんなに優しくされたら勘違いしそうになる。二年後には別れなくてはならないのに。ルロイの子どももなんて生まれないのに。

こんなに優しいルロイを騙している罪悪感に胸が塞ぐ。せめて、この人の迷惑にならないように頑張ろう。

この人の役に立ちたい。この人を支えたい。

日和は生まれて初めてそんなことを思った。


自分が思うよりずっと疲労困憊していたらしい。日和は夕方に熱を出してしまい、部屋で休むことになった。

次の日には元気になったが、過保護なルロイに説得されレッスンは翌々日の午後からになった。これからはルロイの友人の都合がつく日の朝は語学やマナーのレッスン、午後はダンスのレッスンをする予定だ。

昼食の後、動きやすい服に着替えた日和はルロイに広間へ案内された。寄木張りの床が見事なこの広間は、ルロイ曰く『ちょっとしたパーティー』に使われる部屋だ。そこでカーディガンを着た青年が待っていた。彼はピンクのチューリップの花束を持っている。

「初めまして、ミスターマミハラ」

褐色の柔らかそうな髪を持つほっそりとした温和そうな彼は、マティアス・アデナウアと名乗った。日和が会釈《えしゃく》すると、彼の薄い唇の間から真珠のように白い歯が覗いた。

「ルロイから聞いたあなたのイメージで作ってもらいました、どうぞ」

小ぶりの花束を日和は意外に思いながら受け取る。こんなにかわいらしい花束がルロイの、日和に対して持つ印象なのか。戸惑いとはにかみを誤魔化すように花束をそっと胸に抱きしめた。

「は、初めまして。あの、お会いできて嬉しいです、ミスターアデナウア。どうぞ日和と呼んでください。先生を引き受けて下さってありがとうございます」

「それでは僕のことはマティと」

男女問わず長身の人が多いこの国では珍しく、日和より僅かに高いくらいだ。彼はこの国でも珍しいカモノハシなのだという。黒目勝ちの目は知性にきらめいている。

体質的に空気と水が綺麗なところにしか住めないらしく、遠出もままならない。だからローズ・ヒルをほとんど離れたことがないそうだ。泳ぐのが好きで、冬でも時折川や湖に泳ぎに行くという。日和も実は泳ぐのが得意だ。そういう自分との共通点が親近感を芽生えさせた。

「いやぁ、嬉しいなぁ。僕のまわりはこいつをはじめ、かわいくない連中ばかりで」

マティはにこにこと言い放つ。日和はぎょっとするが、平気な顔でマティは続けた。

「ルロイはワシらしく偉そうだし言葉の圧が強いから、僕や日和のようにか弱い生き物には怖いぐらいだよね」

「なにがか弱いだ。お前を怒らせたら、容赦なく蹴爪《けづめ》で刺されてしまうじゃないか」

マティは普段はルロイの秘書のような仕事をアルバイトでしているという。ルロイとは中学校からの友人で、現在まで公私ともに付き合いが続いているという。遠慮のない口ぶりからも彼らの親密さが窺えた。

（なんだろう、胸がもやもやする……）

まだ軽口を叩くほどの信頼をルロイと築けていない日和は、居心地が悪くなった。真美原に引き取られて以降、友人というものがいたことがないので、日和にはそういう気安さがよくわからないせいかもしれない。

「趣味でダンス講師のライセンスを取ったりしている暇人だから、日和のいいように使ってやれ」

歯に衣を着せぬルロイの物言いをマティは気にする素振りもなく、虫を追い払うように手をひらひらさせた。

「君、どうしても外せない会議があるんだろう？　日和は僕に任せて、ほら、行った行った」

日和が勉強を日中することになったので、今日からルロイも本格的に仕事に復帰することにしたのだ。

「それじゃ、頼んだぞ、マティ。日和、あとで様子を見に来る。……いきなり知らないやつと二人きりにして、大丈夫か？」

人見知りしないと言えば嘘になるが、ルロイを安心させたくて日和は微笑んだ。

「ルロイのお友達ですし、大丈夫です。どうぞ、行って下さい」

「……わかった。日和、何かあったらすぐに執事に言うように。執事がいなければメイドでもいい。いいね」

「はい、ルロイ、忙しいのにありがとうございました」

後ろ髪を引かれる面持ちで日和の頬にキスをし、ルロイは出て行った。

「仲がいいね。ルロイがあんな態度見せるなんて、日和のこと大事にしたいんだなって伝わってくるよ」

マティは過保護なルロイに少し呆れつつも、どこかほっとしているように見えた。

「あいつは凄いやつだし、仕事も精力的にこなすから、僕ら周囲の人間は今まで頼りっぱなしだったんだ。君という家族を得た今、もう少しプライベートを大事にして欲しいと思っているんだ」

「はい、ルロイが忙しそうなのはわかります」

休みだと言っていたのに仕事の電話がかかってきたり、ワイナリーを案内された時もスタッフから色々と相談されていたりした。

「忙しすぎるとすぐ自分のことを忘れてしまうのが悪い癖でね、特に食事をないがしろにするやつだからさ、日和が気にかけてくれると嬉しいな」

兄がいたらこんなふうなのかもしれない、などと愚《ぐ》にもつかないことを想像する。

「僕なんかが注意したら不快に思われるのではないでしょうか……?」

「あいつは絶対に君が注意するなら聞くと思うよ。だってあんなに君のこと大事にしてるんだよ？　そんな大事な人の言うことならちゃんと聞くね」

マティが注意したほうが確実な気がする。だけど親友の彼がそう断言するのを否定できるほどルロイのことを知らない。日和がこくりと頷くとマティはぱっと顔を輝かせて喜んだ。

「よかった！　あいつのことよろしくね」

打算なく親友のルロイの幸せを願うマティに、日和は後ろめたさを感じた。

「マティはルロイと本当にいいお友達なんですね」

「ふふ、僕は君とも友達になりたいと思っているんだ」

「はい、よろしくお願いします」

マティはカーディガンを脱いだ。

「では早速だけど、軽くストレッチをしてから、基礎から始めようか」

パーティーまで二か月。憶えなければならないことはたくさんあった。ダンスなんて自分にできるだろうか、などと怖気づきそうになる心を奮い立たせて、日和は差し出されたマティの白い手を取った。


運動がさほど得意じゃない日和にも、マティは辛抱強く付き合ってくれた。

「うん、少しずつよくなってるよ、日和。でも視線は常に上げていてね」

「は、はい！」

マティに背中をホールドされ、誘導されながらも足元が気になって、つい俯きがちになってしまう。そういう時もマティはポジティブな言葉をかけてくれて、委縮《いしゅく》しないですむのがありがたかった。

ルロイはそんなに堅苦しく考えなくていい、身内のささやかなパーティーだ、などと言っていたが信用できない。アドラー家に来てまだ日は浅いが、ちょっとしたパーティーが日和からしたらかなり立派なものだろうことは容易《たやす》く想像がついた。

「マティ、僕、ちゃんとできるようになるでしょうか……」

「ルロイがリードしてくれるから心配しなくていいよ。周りをよく見て、楽しもう」

ステップは何とか覚えてきたが、盆踊り位しか知らない日和にとってダンスはやはりハードルが高い。

きっとマティの言う通り、ぼろが出てもルロイがフォローしてくれるだろうが、甘えてばかりもいられない。

「ちょっと休憩挟んでいい？」

「あ、気が利かずにすみません、マティ」

マティは気にするなというようににこりと笑った。

「今日の感じからして、あと一月位でなんとかなると思うよ、心配ない」

「本当ですか?!　嬉しい……！」

日和が壁際の椅子にかけていたタオルを手に取った時だった。

「ステップ一つ一つに集中しすぎではなくて？」

澄んだ女性の声が飛び込んできた。日和は妊娠できるオスということで、いらぬ誤解を招かないようにと、ルロイの要望でレッスン中は広間のドアを開けっぱなしにしている。腕組みをして中に入ってきた女性は、胡乱《うろん》げに日和を見た。

「アリシア、日和はまだ習い始めたばっかりだから」

取りなすようにマティが言うと、女性は聞こえないようにそっぽを向き、褐色に銀色の筋がいくつか入った豪奢《ごうしゃ》な巻き毛を肩から払った。

（ひょっとしてルロイのガールフレンド、かな……）

日和はルロイのことをまだよく知らない。真美原の一族や一族と付き合いのあるお金持ちの中には、既婚者なのに恋人がいたり、女性関係が奔放な人達がいる。

いきなり決まった見合いだ。付き合っていた恋人がいたとしても不自然ではなかった。

恋人がいながら、家の為に伴侶を求めるなんて、ルロイがそんな不誠実なことをするはずがないと思うのに、卑しい考えが膨らんでしまい、日和は振り切るようかぶりを振った。

「あの、どなたでしょうか……」

「私のこと、知らないの？　勉強不足ね」

まさしくその通りなのでぐうの音も出ない。人間関係も暗記しなければまずいのかもしれない。何も言えないでいると、彼女は琥珀の大きな目を険しくした。

「いつまでもぼさっとつっ立てないで、挨拶ぐらいしたらどうなの？　礼儀がなってないわね」

「あ、はい、初めまして日和です。お会いできて嬉しいです」

「アリシアよ。しばらくこちらに滞在するの。タヌキなんて目障りだから、私のまわりをうろちょろしないよう釘を刺しに来ただけよ」

「アリシア！」

マティが厳しい声で咎めたが、アリシアは桜色の唇をつんと尖らせるだけだった。

「おじ様達から伺っていたけど、本当にタヌキだなんて。なんてみすぼらしい。ほら、背筋を伸ばして。もっと堂々とできないのかしら」

突然悪意をぶつけられて面食《めんく》らったが、日和はあまりに気にならなかった。アリシアの指摘は事実だったたからだ。

「あの、ありがとうございます、僕のためにアドバイスして下さって」

言われた通り背筋を伸ばし日和がお礼を言うと、彼女はきょとんとした。だがすぐに眦《まなじり》がつり上がる。マティは一瞬目を見開いた後に何故か爆笑し始めた。

「勘違いしないで！　馬鹿じゃないの?!　あなたの為なんかじゃないわ！　これだからタ

ヌキなんて嫌なのよ！」

「え、え？」

「あなたが失敗すれば、ルロイが恥をかくことになるの！　わかってないの？」

苛立たしげに唇を歪める彼女に、日和ははっとした。

「そうだ、本当にその通りですね」

「っ、……もういいわ！　とにかく、私はこんな結婚を、あなたを認めていないの！　頭の悪い人と話していると疲れるからもう失礼するわっ」

憤慨《ふんがい》しながらアリシアは出ていった。

「アリシアはルロイのはとこだ。昔からよく遊びに来ていてルロイとは兄妹みたいなもんだよ。しかし今のは傑作だったよ！　アリシアのあの面食らった顔ったら！　いやぁ、僕は日和のことますます気に入ったなぁ」

くすくす笑いながらマティが説明してくれた。

「？　そうですか？　ありがとうございます？」

アリシアを怒らせてしまったようで心配したが、マティが笑っているなら大丈夫だろうか。

「……あの、マティ、どうぞ休憩していてください。僕もうちょっと復習したいです」

「そうだった、休憩しようとしてたんだった。じゃあ、ここで見てるね」

「はい、もし変なところがあれば、教えてください」

「オーケー、容赦なく指摘するよ」

マティはとすんと椅子に腰を掛ける。日和はふうっと息を吐き、気持ちを新たにまたファーストポジションをとる。アリシアの教えてくれた通り、ステップに集中し過ぎないように。背筋を伸ばして堂々と。

アリシアは『これだからタヌキは』と言っていた。その一言で外国人から見たら日和が日本のタヌキの悪い代表例になることもあるのだと、目からうろこが落ちる思いだった。

ダンスなんてしたことない。それを言い訳にして逃げようとしていた自分が恥ずかしい。

（ダンスも頑張ろう。自分の行動がタヌキだけでなく、ルロイの評価にも繋がる。自分の為だけでなく、ルロイの為でもあるんだから……）

ルロイに恥ずかしくない伴侶でいられるよう努力するのだと日和は決意を新たにした。

ダンスのレッスンを始めて数日後の午後だった。

電話がかかってきてマティが席を外した間も、日和はひたすら基礎のステップを反復した。だがなかなかマティが戻ってこないことに気づいて、足を止めて汗を拭う。時間を確認する為に掛け時計を振り返ったら、ドア近くの壁に背中を預けたルロイがいた。

「ルロイ！　いつの間に！」

夢中になっていたので全く気付かなかった。

「お帰りなさい、ルロイ！」

自分を見守ってくれていた嬉しさに背中を押されるように駆け寄ると、ルロイが寄りかかっていた壁から身を起こす。ルロイはどこか楽しそうに口元をほころばせた。

いつのまにか習慣になっているお帰りの挨拶の為にそっと頬を差し出すと、ルロイがちゅとかわいらしい音を立ててキスをした。当たり前のように腰にルロイの両腕が回る。

「すみません、お待たせしましたよね。お疲れでしょう？」

「すごく集中していたね。いつも、こんなふうに頑張っているのか？」

汗で湿る髪を厭いもせずに頭を撫でられ、心地よさに日和は目を細めた。

「僕は不器用ですし、努力してやっと人並みですから」

「誰も見てないしさぼっていても咎めないのに、日和は頑張り屋だな……」

独り言ちるように言うと、ルロイはネクタイを緩めた。

「ルロイ？　あの……」

「一緒に練習してみよう」

「本当ですか?!　是非お願いします！」

日和は顔を輝かせた。ルロイと踊るのは初めてだ。本番で踊る相手と練習するのが一番効率が良いとマティも言っていた。

「一連の流れを意識して、あらかじめ次は何をするか思い浮かべていると焦らずにすむ」

すっと背中に掌が添えられ反対の手に右手をとられる。ぐっと抱き寄せられて、日和はどきりと胸を高鳴らせた。

ルロイがカウントとともに踊り出すが、マティの時との感覚の違いに日和はわたわたしてしまった。

「大丈夫落ち着いて、顔を上げるんだ。ああ、そうだ、上手だ」

「はい、ありがとうございます」

褒められて心が弾む。ゆるぎなくホールドされているせいか、日和は今までになく踊れている気がした。

「ルロイのリードのおかげで、なんだか自分じゃないように動けます！」

きっとルロイは今までたくさんの人達と踊ってきたのだろう。

何故かそれが急に気になりだして、ちょっと悔しく感じてしまう。しかしそんなことに気を取られてはいけないと、日和はすぐにダンスへ集中した。ルロイが楽しそうにリードしてくれるおかげで、日和もステップに必死になるだけではなく、徐々にダンスを楽しむ余裕ができてきた。

やがて音楽が止まりどちらともなく足を止めた。汗ばんだ前髪を耳のほうへかきやられる。休憩しようと言われて、窓辺に置かれたアンティーク調のソファに座った。ルロイが合図をすると、廊下に控えていたメイドがすぐに冷たい飲み物と葡萄を持ってきてくれた。

「葡萄を凍らせたものだ。粒が小さくて種もないからそのまま食べられる。日和、あーん」

摘まみ上げた葡萄を口元に持ってこられた。

「え、あの、ル、ルロイ?」

「ほら、溶けてしまうぞ。あーん」

にっこり笑ったまま待っているルロイに、日和は観念して口を開けた。

「あ、あーん……。ん、おいしい」

「暑い時や汗をかいた時、葡萄を凍らせたのをよく食べるんだ」

日和がもぐもぐするのをルロイは目を細めて見ている。日和は気恥ずかしさを紛らわすように自分でぽいぽい葡萄を口に放り込んだ。

「そうだ、日和、これを」

メイドに運ばせてきた四角い包みに日和は警戒する。ここで軽はずみに受け取ったら、ルロイのプレゼント攻撃を助長させそうで日和はためらってしまう。

——次期当主の体面を保つ為、その伴侶が小奇麗にするのも務めのうちだ。

ルロイはそんなことを嘯《うそぶ》いては、日和に贈り物をしてくる。手を替え品を替え、ルロイの贈り物は止まらない。最初はネクタイなどの小物だった。それがだんだん腕時計やネクタイピンなどの、見るからに高級品になっていった。メイド達が『さすがルロイ様、逸品ばかりだわ』などと、ワードローブの掃除をしながら感心していたから間違いない。それ以来日和は受け取らないようにしていた。

例外はルロイのパソコンを借りた次の日に手配されたラップトップぐらいだ。おかげで日菜子にメールを気兼ねせずに送れるようになった。

日和が嫁ぐ直前、何か言いがかりをつけられられないように、日菜子のお相手に事情を話して入籍を早めてもらった。本家を出た日菜子はすでに幸せな家庭を築いている。負い目に感じてほしくないから、彼女には見合い相手のルロイと気が合い結婚をすることになったとだけ伝えていた。

発情期がない日和を妹は心配していたが『子供ができなくても幸せなカップルはいっぱいいる』と送ると、それを信じた妹はとても安心していた。

「今回は自信がある。日和、どうか受け取ってくれ」

根競べのように見つめ合ったが受け取るまで引かない気配を察して、日和は溜息を吐く。その場で開けてくれというルロイの要望に沿って、厚みはないが見かけよりも重いプレゼントの包み紙を恐る恐る開けた。プレゼントの中身は絵本だった。日和は意外なプレゼントに目を瞬かせた。表紙には日和にとっては珍しい、この国の動物や植物がカラフルに描かれていた。

「どうだ？　気に入ってくれたか？」

「あの、……はい、すごく絵が綺麗で……」

「よかった！　保育士をしていたから、絵本ならきっと興味を持ってくれるだろうと知恵を絞ってみた」

自慢げに笑うルロイをかわいく感じた。ルロイにはなんのプラスにもならないのに、ただただ日和を喜ばせるために贈ってくれたのだ。それがルロイの気持ちを表しているように感じられて、日和は胸がきゅんと切なくなった。

「ふふふ。贈り物がこんなに楽しいなんて思わなかった」

「でも、こんなに貰ってしまっていいんでしょうか……。何もお返しできないのに」

ルロイはよくこうやって笑っているが、マティによると違うらしい。

「日和は色々なことを気付かせてくれるから、毎日が新鮮だ。だから俺からのプレゼントはそんな日和への感謝の気持ちだ」

「っ、……あ、ありがとう、ございます、そういうふうに思って下さって」

ルロイは些細なことでも褒めてくれる。さっきのダンスの練習だってそうだ。自分の為に頑張っているだけなので、褒められるとむずがゆい気持ちになってしまう。

そして優しくされればされるほど、後ろ暗さは日和を苛《さいな》む。自分にそんな価値はないからだ。

せめてルロイの優しさや誠実さに報いる為に、日和のできることは何だってしよう。この人が優しくしてくれる、その何倍もこの人に優しくしよう。

「日和、おかわりはいるか？」

俯いた視線の先でこつんとルロイの膝が日和のそれに当たった。

「あ、はい、もう結構です」

「ここ、濡れてる」

指の背で唇の端をこすられた。いきなり触れられて日和はぴょんと飛び上がった。

「へぁ、あ、はいっ」

妙に恥ずかしさを感じて、日和は触れられたところをごしごしこすった。

「運動したからかな、頬が薔薇《ばら》のようだ」

「す、すみません、汗けっこうかいてますよね。く、臭いかも……」

少し距離を置こうと腰を浮かしたら、腿に手を置かれて引き留められた。

「ひあぇぇ」

ルロイがすかさず身を寄せてきて、悲鳴のような声がかすかに漏れた。長い腕が肩に回され、日和の体をルロイの胸へと寄りかからせようとしてきた。

「ルロイ、ちょっと……あの、こ、困ります……」

席を外したマティもさすがにそろそろ戻ってくるだろう。日和は彼の胸をやんわりと押した。しかしびくともしない。

「日和は恥ずかしがり屋だな。誰も気にしない」

伴侶なのだからスキンシップは当然のことだとルロイは思っているらしい。いちいち恥ずかしがったり戸惑ったりするほうが変なのだろう。だからなのか、場所を選ばずルロイは日和に触れてくる。

寝室はもとより食堂など人目のある場所でも、ルロイは日和の隣に座って手を握ったりするようになった。嫌なわけではないのだが、羞恥の方が勝る日和はどぎまぎしっ放しだ。

「でも、あの、僕、あ、あの……っ」

「し。日和」

座ったまま じりじりと後退るが、背もたれとアームの角に追い詰められる。ルロイは腕をアームについて、日和を腕の中に閉じ込めた。逃げ場がない。

「いい匂いだ。前とちょっと匂いが変わった……？」

「や、嗅がないで」

薬の副作用だろうか。自分ではわからないが体臭を嗅がれることに抵抗がある。

「なんだろう、前からいい匂いだとは思っていたけど、……いつまでも嗅いでいたくなるような……杏の花みたいな。優しい香りだ。うん、こっちの匂いも好きだな」

耳の付け根から項にかけて撫でるように鼻先を押し付けられ、背中がぞくぞくした。

「ちょっと熱がある？　頬が赤くなっている」

「熱なんてっ、ダンスの練習で体が温まってるだけですよ！」

「うーん、やっぱりちょっと熱っぽい。もしかして俺が疲れさせているせいか？」

発情期が終わっても、日和はルロイに抱かれている。発情期じゃなくとも、セックスの時に相性がいい者同士だとフェロモンが出ると聞いたことがあるので、量を減らしてあの薬を飲み続けていた。昨夜もそうだった。そんな夜のあれこれを思い出して、体が燃え上がるように熱くなった。

秀麗な顔から視線を背ける。恥ずかしさで目が合わせられない。

「ねえ、ちょっと！　僕もいるんですがねぇ！」

突然割り込んできたマティの声に、日和の心臓が飛び出しそうになった。

「ひゃあああああ！」

日和は必死で腕を突っ張ったが、ルロイの腕は緩みもしない。

マティは眉を寄せたままドアのところに立っている。

「なんだマティ。いたのか」

日和を腕の間に閉じ込めたままルロイが鼻を鳴らす。

「僕がちょっと離れた隙に何やってんの！」

「もう十分練習しただろう？　日和を休ませたいから、レッスンはもうおしまいだ。ご苦労だったな。また明日来てくれ」

ルロイがおざなりに言い放った瞬間、マティはぽかんと口を開けた。

「……ルロイ、今までは仕事しか生き甲斐がないみたいな奴だったのに……」

マティがくさすと、ルロイはしかめっ面で手を振った。

「いいから、さっさと行け。じゃあな！」

「はい、はい！　邪魔者は退散しますよ。じゃ、日和、そういうことで。また明日」

「あ、すみません、マティ、また明日！」

マティは小さく笑みを浮かべ去って行った。

「あんな言い方したら、マティは気を悪くするんじゃありませんか？　それに、恥ずかしいです……」

「兄弟みたいなものだ。気にしないさ」

日和の懸念もどこ吹く風で、親友同士の信頼があるのだと推し量れる。

「でもだからといってあんなスキンシップを所構わずされたら僕の心臓がもちません」

「ふふふ、そうか、恥ずかしかったのか。日和はかわいいな」

勇気を出して訴えたのに笑われてしまって日和は顔をしかめた。

「ルロイ、僕は真面目《まじめ》に言っているんですよ」

「すまない、あまりに日和が魅力的で、意地悪が過ぎてしまったな」

困ったような声に、途端に顔から力が抜ける。

日和が本気で困ると、すぐに引いて優しく労わってくれるから、それ以上は何か言う気になれなくなった。

「悪かった、日和。こんな俺は許せない？」

囁かれながら鼻先に口付けられ、きゅっと抱き竦められる。

「そんなことない、です……」

新緑の森のような香りがする。日和の擬似フェロモンに反応しているのだろう。発情期のない日和には何の効果もないはずなのに、この匂いも逞しい腕も居心地がいいのだから困ってしまう。

「遠慮はして欲しくない。なんでも俺に言ってくれ。あの時こうしておけばよかった、と後から悔いるのは避けたい。日和、お願いできるか？」

日和が頷くと、約束だよとこめかみに口付けられた。

アドラー家に来て、日和は幸せなことばかりだった。何不自由なく伴侶のルロイにどっぷり甘やかされてしまって自分の立場を忘れてしまいそうだった。

「君と結婚してよかった。ありがとう、日和。俺のところに来てくれて」

その笑顔があまりにも眩しくて、日和は目を伏せた。


眠りから目覚めると、カーテンの隙間から射し込んだ朝日がきらきらと床を照らしていた。日和はまだ眠気で重い瞼を開けようと目をこすった。

「ふふふ、かわいい、仔猫みたいに目を擦って……。日和、まだ眠いようだな」

ルロイが何か言っているが、欠伸をこらえようと口をもぐもぐしていた日和にはよく聞こえなかった。とっくにルロイは目を覚ましていたようだ。ああ、またルロイの寝室で寝てしまった。毎晩体を重ね、あまりの快楽に気を失うように眠りにつく。セックスの後は自分の居室に戻るべきだと思っているが、実行できたためしがない。

「おはよう、日和、体の調子はどうだ？」

「……大丈夫です」

ルロイは日和の額にキスをした。尋ねる目の中にまだ昨夜の気配が残っていて、日和の体の奥がこよりのようによじれて甘く痺れた。

もう無理だと泣き言を漏らしても奥の奥まで征服されルロイの精を注ぎ込まれた。淫靡《いんび》なやりとりは朝日が洗い流したというのに、気を抜けばすぐにでも体のそこかしこに残る余韻に再び火がつきそうになる。それを散らすように日和は頭を振ってシーツの中で伸びをした。

（なんか、やっぱり体きつい、かも……）

なんだか熱っぽい。体の怠《だる》さはきっと昨夜のセックスのせいだろうが、頭の中が寝起きのせいだけではなくぼやけている。

「日和」

うつぶせて頬杖をついていたルロイが日和に覆いかぶさるように顔を寄せてきた。訪れるキスの気配に日和は目を閉じた。そういう空気をなんとなくわかるようになったことに、くすぐったさを禁じ得ない。ほとんど待つこともなく、温かなものが唇に触れる。

「ルロイ、ん、……ふ、う」

ルロイは唇で挟み込むようにして日和の上唇を食んだ。

(朝から、こんなキスされたら、駄目になる……)

そう思いながらも、口付けの気持ちよさに日和の体からゆるゆると力が抜けていく。

ルロイの舌が入り込んできて、口の中をみっちりと満たす。顎の裏をくすぐられたら首筋から背中にかけて震えが走った。どちらのものともつかない唾液が口の中に溜まっていく。それを喉を鳴らして飲み込むと、満足したようにルロイの舌は抜かれる。

ルロイが両手で日和の両頬を包み、おやっという顔をした。

「熱があるようだ」

「そうですか?」

そう言われてみると、いつもより頭の中がふわふわしているように感じなくもない。その程度なので大したことはないだろうと判断して、自分の部屋に戻ろうと体を起こしかけるが、シーツを顎まで引き上げられ寝かしつけられてしまった。

「今日はレッスンは休みにしよう。マティには俺から伝えておくよ」

「突然お休みにするのはマティに迷惑になるのでは……」

心配事を伝えると、ルロイは日和を安心させるように微笑んだ。

「無理して倒れでもしたらもっと困るだろう？　大丈夫、あいつが文句を言ったら俺のところで働いてもらうから無駄足にはならない」

倒れるほど具合が悪いわけではないので大げさに感じたが、却って迷惑をかける方が嫌なので素直に甘えることにした。

「そうだ、いい機会だから、日和の部屋は俺の続きの間に移して、寝室を一緒にしよう。具合が悪くなったらすぐに気づけるようにしたい。いいね？」

ルロイは上機嫌だ。

続きの間が日和のプライベートルームになるなら、日和の秘密は守られるだろう。日和は安堵して了承した。

「朝食は食べられそうか？」

少し考えてから日和はふるふると頭を振った。今はあまり食べる気にならなかった。

「そうか。何か消化にいいものを用意するように言っておくから、目が覚めたらメイドに頼むといい。今はゆっくりお休み」

ルロイはてきぱきと決めると、日和の額に優しくキスをした。

「すみません、ありがとうございます」

休むことにしたら、また眠くなってきた。唇をついばんでくるキスに目を閉じたところで意識が途切れた。

次に目を覚ますと正午過ぎだった。

たっぷり休んだせいか体調はだいぶ良くなっている。

（こっちでの生活に慣れてきて気が緩んだのかな。それとも、擬似フェロモン薬の副作用とか……？）

毎晩セックスをしているので、不審に思われないよう薬は飲み続けているが、さすがに今夜は何もしないだろうから服用を中断したほうがいいだろう。

副作用で体調不良になっているとしても、飲まないわけにはいかない。薬を減らすということはセックスの頻度を減らすということだ。それをルロイにお願いするのは、日和からは言いにくかった。

「日和さま、起きられましたか？」

メイドが様子を窺いに来てくれたので、日和は解熱剤を頼む。すぐに水の入ったコップと一緒に用意してくれたメイドが言った。

「お休みの間に、日和さまのお荷物を続きの間にお運びいたしました」

「え」

持ってきてくれた解熱剤を飲もうとした日和は、思わず動きを止めてしまった。

「日和さま？」

怪訝《けげん》そうなメイドに慌てて笑顔をつくり取り繕う。

「あ、ううん、あの、僕の荷物なのに何もしないで寝ていたので、申し訳なかったなって」

「大丈夫ですよ。私達の仕事ですから」

「う、うん。ありがとうございます」

メイドが出て行くまで気が気じゃなかった。メイドを見送ると、日和はすぐにベッドを抜け出した。

（どうしよう、お薬見られたかも……）

心配に胸がどきどきした。鍵付きの小箱に入れているから大丈夫だとは思うが、万が一その小箱が落ちたはずみで鍵が外れたりしていたら。日和は祈るような気持ちで続きの間のドアを開けた。

「……あった！」

どうやらチェストなどの小さめの家具はプライバシーに配慮されてそのまま運び込まれ

たらしい。スーツケースもそのままウォークインクローゼットに置かれていた。

すぐに目当てのあのチェストを見つけて。日和は駆け寄った。引き出しを開けると、ちゃんと小箱が収まっていた。

「よかった……」

ほっとしたら、やっと周囲を見渡す余裕が出てきた。日和はライティングデスクの椅子に座った。

カーテンや壁紙の色は同系色のアプリコット色にまとめてあり、ルロイの寝室よりも柔らかな印象だ。日和が泊まっていた客間よりもゆったりしている。大人二人が座るのに丁度いいサイズのアンティーク調のソファ。作り付けの本棚。今座っているマホガニーらしい椅子はクッションが打ってあって座り心地がいい。そしてライティングデスクの上には新聞と辞書が置いてあった。

「これ、今日の新聞だ」

気を利かせたメイドが持ってきてくれたのだろう。

マティにすすめられて近頃は新聞を読むようにしていた。語彙《ごい》が増えるだけでなく時事がわかればコミュニケーションがとりやすくなるからと。わからない時は辞書を引いて意味を調べるので時間がかかるが、知らない単語や言い回しなども多くて勉強になった。

「よし！　勉強しよう」

心配事がなくなったので、日和は気持ちを切り替えるように自分に言った。


不意に集中力が切れて、日和はメイドにお茶でも頼もうかと腰を上げた。

「――あ」

目の前がぐらりと揺れた。日和は机に手をついて目眩をこらえた。また熱が上がってきたのかもしれない。

（たぶん解熱剤が切れてきたんだ。また飲んだほうがいいかも）

目を閉じた瞼の裏がちかちか明滅《めいめつ》するのを、じっとしてやり過ごす。ゆるゆると目を開けると大丈夫のようで、日和はほっと息をついた。ベッドで休むべきか迷っているとノックの音が響いた。

「日和、いるか？」

「――ルロイ!?」

時間はまだ二時だった。ワイナリーの仕事が多忙らしく、ここしばらくのルロイの帰宅は七時過ぎが多かった。日和にしたらそれでも十分早い帰宅なのだが、ルロイは申し訳なさそうにしていたので、早い帰宅に大きな声が出てしまう。

「お帰りなさい、今日は早かったんですね」

「ただいま、日和」

ルロイは小さく言った。笑おうとして失敗したようなその口元に、日和はきょとんとする。

「丁度、休憩しようと思っていたところでした。お茶を持ってきてもらいましょう」

「いや、俺はいい」

日和は持ち上げたベルを置いてルロイにソファを勧める。しかしルロイは神妙な面持ちのままに窓に身を預けるようにして立つ。

いつもだったらすぐにお帰りのハグをしてキスを交わすのに。ルロイを遠く感じる。

「あの、何かあったのですか……？」

何か機嫌を損ねるようなことをしてしまったのか。今朝は普通だったのに。氷の塊を飲み込んだように胸が冷えていく。

「――この部屋を掃除したメイドが日和を心配して俺に報告してきた」

散々ためらった末に、ルロイは口火を切った。

「日和が、何か薬を服用しているようだと」

日和は息を飲んだ。

どくどくと心臓の鼓動が早くなる。ルロイは苦しそうに続けた。

（ばれた……！）

「見合い前の身上調査では健康だと聞いていたし、この数日は調子が悪そうだが持病もないはずだ」

薬のシートは細かく切ってからティッシュに包んで捨てていた。メイドのひとりがゴミを捨てる時にティッシュの中身に気づいて、薬を毎日のように服用するなんて日和は何らかの病気ではないのか、と善意のご注進をしたらしい。

「日和は遠慮ばかりするから、環境の変化で体調を崩しても言い出せないでいるのではないかと心配した。だから、何の薬か気になって調べさせた」

「ル、ルロイ……」

「擬似的にフェロモンを出す薬だそうだ」

血の気が引いて目眩がしそうだった。喉がからからに乾いて声が出ない。何か言うべきなのに、頭がちっとも働かない。

「日和……、本当のことを話してくれないか……？」

「あ、ル、ロイ、あの」

「本来は不妊治療で使われる薬らしいが、心当たりはあるか？」

確かめるようにゆっくりとルロイは言った。

もう駄目だ。言い逃れはできない。ずっと良心の呵責に耐えてきた日和だったが、これ以上は無理だと震えながら告白した。

「……この結婚はご存知の通り最初は、妹が受けるはずでした……、でも妹は既に結婚を約束した人がいて、僕が代わりに……」

つっかえながら必死で口を開く。心臓の音がうるさくて、自分がうまく話せているのかも日和にはわからなかった。

「それで、あの、ぼ、僕は、まだ発情期が来てない、不妊のオスで、……だから、一般的に不妊とされる二年間を切り抜ければ、離縁されるだろうって、それで」

空気が薄くなったかのように息苦しくなった。頭がうまく働かない。日和は思いつくままに必死で説明をした。

ルロイの琥珀色の目が大きく見開かれ、怒りにらんらんと輝き始めた。

「——騙したのか」

ルロイはぽつりと小さく言った。

その声の静かさが深い怒りを感じさせた。

「ち、ちが……、ご、ごめんなさい、僕……」

違う、だなんて言えなかった。叔父に流されずに断ってしまえばよかったのか。二年を乗り切ればいい。黙っていればばれないと唆されて、日和はここまで来てしまった。

騙していることがつらくて、こんな形でしか出会えなかったことが悲しかった。

ルロイが嫌な人であったのなら、こんなに苦しい気持ちにならずにすんだのだろうか。

「ワシの子が欲しいという弱みにつけいったのか？　最初からアドラー家を軽んじていたのか？」

大声で恫喝《どうかつ》されるよりつらかった。日和は懸命に頭を振った。

「これ見よがしに頑張っているふりをしていたのか？　全部、嘘だったのか……？」

「ち、違います……！　あまりにも、申し訳なくて、それで……！」

ルロイを大事にしたい気持ちは本当だった。自分が恥をかかないよう、ルロイに恥をかかせないよう始めた努力だった。

だから、頑張る気持ちに嘘はなかった。

ルロイだからだ。

ルロイだから日和は報いたかった。

投げ出したくなっても、ルロイに恥をかかせたくないと思えばやる気が湧いた。

「ル、ルロイお願いです、……話を、聞いて」

「言い訳はいい！」

ルロイは一度だってこんなふうに声を荒げたことがなかった。びくりと竦み上がり、日和はがたがたと震えた。

「っ、――くそっ」

忌々しそうに目を細め、日和から顔をそむけたルロイは小さく吐き捨てた。

日和がどんなに気持ちを吐露《とろ》しても、ルロイには自己弁護としか受け取られないだろう。ぎりぎりと音がしそうなほど歯噛みしている険しい顔に、日和は何も言えなくなってしまう。

ここに来て、ずっと幸せだった。今までの人生の中で一番。ルロイのおかげだ。

でもそれは妊娠するはずのない自分が受け取っていいものではなかった。頭ではわかっていたのに。

(――僕は馬鹿だ。いつの間にか、ルロイのこと、こんなに……)

この優しい人を、怒らせてしまった。

当然だ。それほど酷い嘘をついたのだから。

それなのに、今になって自分の気持ちに気づいてしまった。

胸が潰れそうだった。愚かだ。

「……しばらく、距離を置きたい」

ルロイは大きな溜息を吐くと、部屋を出て行く。

まるで二人を遮断するようにドアが閉まった。日和は動けなかった。ルロイは行ってしまった。見開いた日和の眦から涙がこぼれた。


日和の嘘はすべて明るみになった。ルロイに嫌われるようなことをした自分が一番悪いとわかっている。それなのに、気付いてしまった恋心をなかったことにはできない。煩悶《はんもん》は日和の心も体も弱らせるようで、体調不良が続いている。

（もう一週間が過ぎた……）

あの日以降、ルロイはあまり屋敷に帰って来なくなった。

ルロイは激怒していたので、すぐに追い出されてもおかしくなかったのに、表面上は何も変わらずにいる。距離を置きたいと言われたから話しかけることもはばかられて日和の不安に拍車をかけた。

なぜか、寝室は同じままだった。もしかしたらルロイが来てくれるかもしれないと、祈るような気持ちで寝室で待つが、虚しく朝を迎えるだけだった。

義両親やマティにそれとなくルロイの予定を聞いても忙しくしていると言われるだけで、日和への態度は変わらないままだった。それどころか逆に彼らにルロイが伴侶を放っておいていることを謝られてしまい、日和は慌てた。

今朝も日和はひとりで朝を迎えた。ベッドを下りると、清掃してもらうためにメイドを呼ぶ。日和がどんなに嘆いても新しい日は淡々と訪れるし、ルロイをはじめアドラー家の人々に糾弾《きゅうだん》されない限り、契約通り次期当主の伴侶として行動すべきだろう。今朝は微熱はなさそうで、比較的元気な感じがした。

「よくお似合いですよ。さすがルロイ様ですね」

今日はマティが来れず、レッスンが休みの為カジュアルなネクタイとシャツを選んで着替えワードローブから出ると、ベッドを整えていた手を休めメイドが明るく言ってくれた。

「ありがとう……」

褒められても今は虚しいだけだった。その場しのぎに力なく笑って日和は廊下へ出た。食欲はないが、形だけでもテーブルにつかなければメイド達が心配する。

（……それもいつまでのことかわからないけど）

身の振り方を考えなければならない。違約金はどのくらいだろう。迎島へ帰ったとして、日和の居場所はあるのだろうか。叔父は激怒するだろう。そうだ、日菜子とは縁を切らなければ。絶対に妹には迷惑をかけられない……。

考えても埒《らち》のあかない憂《うれ》いは絶え間なく浮かんでくる。体がどんよりと重い。

とぼとぼと階段を下りていると踊り場にルロイがいた。今日は仕事ではないのかスーツではない。長身を際立たせるチェスターコートとコーデュロイのパンツ、艶のないレザーのシューズがおしゃれで目を惹く。

辺りを払うような気品に満ち溢れた立ち姿は朝から輝くようだ。久しぶりに見るルロイに日和は胸を高鳴らせた。どぎまぎしすぎてちゃんと彼を見ることができない。朝の挨拶をしないと。けれど声が喉の奥にはりつく。

「お、おはよう、ございま、す」

掠れてみっともない挨拶しかできなくて舌を噛みたくなる。ルロイはちらりと日和に視線を走らせたが、それだけだった。頭ではわかっていたつもりだったが、自分達の関係は変わったのだと痛感した。

以前だったら日和を抱きしめてキスをしてから自分なりにネクタイを結んだ努力を誉めてくれた。これからは日常の端々で、ルロイとの優しい時間を失ってしまったことを思い知らされるのだろう。

「体調はどうだ？」

ルロイの声は淡々としていた。しかし日和は嬉しかった。あの夜以来日和は体調を崩しがちだ。それを知っていて声をかけてくれたのだろう。無視されても当然なのに。ルロイはやはり優しい人だ。

「は、はい、熱もありませんし、今日は元気です」

「そうか。それならちょっと出かけられるか？」

「？　はい、大丈夫です」

どこへだろう。もしかして日本へ帰る準備をさせられるのだろうか。

「この時間なら朝食はすませただろう？　すぐに出よう」

ルロイが腕時計をちらりと見やった。確かにいつもなら日和が朝食を終えている時間だった。日和の返事を待たずに、歩き出したルロイを、日和は慌てて追いかけた。背が高いルロイの歩く速さに追い付けず小走りになってしまう。以前は違った。一緒に歩いていて彼の歩みが早いなどと思った事もなかった。こんなところでも配慮されていたのだと、いちいち違いに傷つく自分に嫌気がさす。

「あら、ルロイ、久しぶりね」

アドラー夫人が丁度食堂から出て来た。胸がひやりとする。ルロイから話を聞いて何か言われるのかもしれない。日和は体を強ばらせた。

女主人がにこやかに両腕を広げると、ルロイは仕方なさそうに彼女を抱きしめた。

「おかえり、母さん。出張お疲れ様」

「ふふ、ただいま。あなたもおかえりなさい。ずいぶん忙しいみたいね」

ハグを交わし微笑み合う親子に、日和はぽつんと取り残されたような気分になる。

彼女の視界に入りたくなくて、身を縮ませる。

「仕事の虫のあなたがお休みを取ってデートだなんて、とてもいい傾向だわ。仕事にかまけて、日和さんを放っておくのはどうかと思っていたのよ」

「市街まで行ってくるから帰りは遅くなる。夜もあちらで食べる」

「そうなの？　それなら私もヘンリーとデートしようかしら」

「いいんじゃないか？　父さんもちょっとは息抜きすべきだ」

隣にやって来たルロイは、義母に見せつけるように日和の肩に腕を回した。

（え、え、どういうこと？）

一瞬パニックになりそうになったが、日和は不自然にならないように愛想笑いを浮かべた。

「そうするわ。なんなら外泊してもいいのよ？　市庁舎近くのホテル、ほら、お爺様の誕生日パーティーをしたところ。平日だしスウィートは空いているはずよ」

「そうだね、何かあったら泊まるかも。じゃあ、出かけるから」

ルロイの手に軽く力が入って歩くように促される。

「いってらっしゃい。日和さんも楽しんできてね」

「は、はい、ありがとうございます……」

屈託《くったく》のないいつも通りの義母に、日和はぎこちなく頭を下げた。

玄関のドアが閉まって義母が見えなくなった途端、ルロイの手が離れていった。義母の手前仲良くしているふりをしたのだと、日和は寂しくなった。

車寄せには艶やかな黒塗りの車が待っていた。運転手は日和にもにこやかに挨拶すると、ルロイに車の鍵を渡した。

(ルロイが運転する……?)

仕事の時は運転手がついているので意外だった。

「乗って」

「は、はい」

慌てて車寄せの階段を下りる。どこに乗ればいいのだろう。デートであるはずがないことは日和が一番よく知っている。以前だったら迷わず助手席に乗っていたが、今は後部座席に座るべきだろうか。

(どうしよう……)

日和は車の外でもたもたしてしまう。

「日和、早く」

運転席に座ったルロイが声をかけてきた。名前を呼ばれるとは思わずに、日和は弾かれたように顔を上げた。

「は、はい」

ええいままよと助手席のドアを開けた。ルロイは何も言わない。そのことにほっとして車内へ体を滑り込ませる。日和はシートベルトを締めると、ひっそり息をついた。

車が静かに走り出した。あんなふうに迂闊《うかつ》に薬を捨てさえしなければ、もう少し幸せでいられたのに。

そんな自分勝手な考えが湧いてきて、自分が嫌になってくる。未練がましい考えを振り切るように日和は意識を別のところへ向けた。

(どこへ行くんだろう)

重い空気に話しかける勇気もなく、日和はルロイを盗み見る。

こんな時なのに彼の横顔に切なくなる。ルロイと顔を合わせなくなって一週間しか経ってないのに、もうこんなに懐かしい。

（僕のせいなんだろうな……）

心労のせいか、ルロイの頬の線が鋭くなっている気がした。謝罪して許しを請いたくなる衝動を日和は必死でこらえた。

「日和」

「は、はい、何でしょうか」

日和はどきんと竦み上がった。見ていたのがばれたのだろうか。きつい言葉を覚悟して、日和は膝の上でぎゅっと手を握った。

「こちらに来る前に、ヘルスチェックは受けたのか？」

「――え？」

意外な質問に日和はぽかんとしてしまった。

「見合いの前、身上書を作成した時に健康診断を受けただろう？」

「え、いいえ、時間がなくて身上書には、去年職場の検診で受けた時のものを使いました……」

見合いは急遽日和に決まった。その為、保育園で受けた健康診断の結果を叔父の秘書に求められた。妊娠に関する項目はそれにはないから、叔父の手配で偽《にせ》の診断書も添えられたはずだ。日和はどういう内容がアドラー家に実際に渡ったのかは知らされていない。

「……そうか」

ルロイが口をつぐんだので、それきり無言のまま、車は半時ほど走った。郊外から伸びる片側四レーンのフリーウェイは終わり、州都の中心だと教えるように時計塔などの背の高いビルが乱立している。

やがて見えてきたのは大きいモダンな建物だった。銀色に輝く外観がちょっと宇宙船を彷彿《ほうふつ》とさせるデザインだ。ルロイの運転する車はその地下駐車場に滑《なめ》らかにもぐりこんでいった。

「ルロイ、ここは？　ホテルですか？」

「病院だ」

「病院？　なんで……」

ルロイに続いて車を降り、薄暗い通路をついていく。エレベーターに乗ると、すぐにグランドフロアについてドアが開いた。地下との明るさの違いに日和は目をぱちぱちさせた。ルロイは迷いなく受付へ進む。ルロイが話しかけると、受付の女性がどこかへ電話をした。

手持ち無沙汰な日和は周りを見回した。

　グランドフロアは、吹き抜けになっていて、出入り口の壁一面がガラス張りになっている。病院というよりホテルという雰囲気だ。建物が新しい為だろう、タイルの床がぴかぴかしている。

（薬品の匂いがしない。明るくて、気持ちいいな……）

　コーヒーの匂いに引き寄せられるように目をやると、小さなカフェがあった。テラス席のようにテーブルが並んでいる。患者と面会に来た家族だろう、楽しそうに談笑していた。

「日和、行こう」

　ルロイはすでに歩き出していた。日和は慌てて追いかけた。病院の廊下を走るのは抵抗があるので必死で早歩きする。

（病院に何の用だろう……）

　日和の不妊を証明する為だろうか。先ほどの質問からするとそうとしか考えられなかった。

　はぐれないよう、長いストライドに頑張ってついていく。

　緩やかな螺旋《らせん》を描いているスケルトンの階段を上りきると、廊下の窓の外には小さな庭が見えた。それを横目に白い壁に並ぶドアをいくつか通り過ぎていく。看護師はユニフォームだが、医師やその他のスタッフは私服の人が多いので、医療従事者なのか外部の人間なのか、ネームタグをよく見ないとわからない。目が合うとにこりと笑ってくれる彼らに、日和もぎこちなく微笑を返した。

（ちょっと、速過ぎてついていけなくなりそうだ……）

息が上がりそうになっている。これ以上は走らないと置いてきぼりにされてしまう。

「あの、ルロイ、少し、ゆっくり歩いて下さい」

たまりかねて、とうとう日和は声をかけた。途端にルロイが足を止めた。

（ぶつかる！）

勢いを殺せなかった日和はルロイの背中にぶつかってしまった。その反動で転びそうになったが、ぱっと伸びてきた腕に引っぱり戻される。

「あ、あ、りがとうございます」

体勢を立て直した日和を見て、ルロイの手は離れていった。

「……すまない」

ぼそりとルロイが小さく言った。その声が体に染み入るように響いた。

日和は首を振った。ルロイが悪いわけではない。足の長さが違うだけだ。

ルロイは大きな溜息を吐いた。日和は身が竦む。怒らせてしまっただろうか。

すぐに背中を向けられて、ルロイに拒絶されているように感じた。

だが再び歩き出して、日和ははっとした。ルロイの歩みがゆっくりになっているのだ。

日和は泣きそうになった。やはり優しい人だ。

胸が痛くなる。できることなら普通にルロイと出会い恋をしたかった。

日和は必死に涙を我慢してルロイの背中を追った。

「……あそこだ」

ルロイは少し先にあるドアを目で示した。

「改めて検診を受けてくれ。君の体について調べたい」

ルロイは琥珀色の目でじっと日和を見下ろした。


問診を経て血液検査や内診、超音波検査などを受けていく。日和が初めて受ける検査もあった。医師や看護師は偉ぶったところがなく、何か疑問があればすぐに教えてくれて、外国で病院にかかるという心細い気持ちが随分《ずいぶん》と和らいだ。近頃体調に波があることも相談できた。

検診は三時間ほどで終わった。診察室の外に出ると廊下のソファにルロイが座っていた。

「ルロイ、お待たせしました」

「いや、……どこか、具合の悪いところは？　検査前と変わったところはない？」

立ち上がったルロイはおかしなところがないか確認するように日和の姿を眺めた。

「っ、いいえ、大丈夫です！　皆さんすごく親切で、丁寧に診てくれました」

ルロイが体調を気にしてくれるのを日和は、素直には喜べなかった。

今回の検査結果が届く頃に離婚を切り出されるのかもしれないからだ。許されるとは思っていないが、悲しかった。

物思いに耽《ふけ》りながらまた車に乗った。病院から五分ほど、ルロイの運転する車は路面電車と並行する目抜き通りに入った。

日和は初めての繁華街に目を奪われた。ずっと田舎暮らしの日和には、人口が百三十万人という地方都市はとても活気があるように見えた。

アドラー家に来るにあたって、日和もこの土地のことを少し学んできた。

この州都の市街地は街を囲うように緑地帯を設けてある。さらに都市計画をした人物が将来の人口増加を予期して、道路の幅を当時としては画期的なほど余裕を持たせたそうだ。おかげで街中だというのに道路も石畳の歩道も広く、街路樹も植わっている。

市街地の中心にある広場の近くには、レンガ造りの時計塔を持つ中央郵便局、ライムストーンの美しい市庁舎などもある。

「診断結果は明日の朝には出るそうだ。一々うちから街まで来るのは億劫《おっくう》だから、今夜はここへ泊まる」

アドラー夫人が言っていたと思われるホテルは市庁舎の斜向かいにあった。

もとは造幣局だった建物を改装したというそのホテルは、中央棟が三階建て、両翼は二階建ての石造りだった。ステンドグラスが施《ほどこ》された入り口を潜ると天井が高く、空気がひんやりとしていた。家具やテキスタイルもクラシカルな華やかさに溢れている。

受付に歩み寄るルロイにコンシェルジュがあっというような表情を浮かべた後、すぐににこやかに挨拶をしてくれた。

「アドラーさま、ようこそいらっしゃいました」

アドラー家の人々の顔を憶えているのだろう、コンシェルジュは支配人を呼ぶそぶりを見せたが、ルロイはさっと断る。

「お連れ様は初めてお目にかかる方ですね」

「ああ、俺の伴侶だ。これからよろしく頼む」

目が合ったので日和が会釈すると、ルロイがそんなことをコンシェルジュに言ったのでぎょっとする。

もう二度とここに顔を出すこともないだろうに、なんでそんな紹介をしたのだろう。今はまだルロイの伴侶なので間違いではないだろうけど。

ひとり悶々《もんもん》としている日和をよそに、ページボーイが部屋まで案内してくれる。掃除の行き届いた廊下は絨毯敷きになっていて、土足で歩くのをためらうほど清潔だった。本館の一階には食堂とバー、半地下にはプールとジム、ワインセラーなどがあるのだという。

（窓が大きくて明るくて気持ちいい。お庭も綺麗だ）

中庭を囲む回廊《かいろう》には大きな窓が並んでいて、季節の花が瑞々しく咲いているのが目を楽しませた。案内されたのはその回廊を抜けた翼棟にある部屋だった。

リビングの漆喰《しっくい》の天井の一部はレンガがむき出しになっていた。オリジナルの古い部分をそのまま残しているのだそうだ。プライベートガーデンに続く大きなガラス戸の上には扇のような半円の飾り窓がついていた。

リビングルームとそれに続く寝室や浴室などに加え、キッチンも備え付けられていて、長期滞在も可能な作りになっている。街の真ん中だというのに、車の音も喧騒も遠い。

二人とも手ぶらだったが、必要な物はすべて部屋に用意してくれるらしい。

「すごく素敵な部屋……」

感嘆の溜息を漏らしながら寝室の方を見やると、開けっ放しのドアの奥に大きなベッドが見えてどきりとする。キングサイズのそれは一つしかなかった。

（今夜は、ここに二人で寝るのかな……）

慌てて目を逸らしながら窓辺に寄ると噴水が見えた。ベンチとテーブルが置かれていて、希望するなら朝食を庭で食べられるそうだ。

（僕には分不相応だな、こんな素晴らしいところ）

日和にアドラー家の恩恵を受ける資格はない。自分の為に無駄遣いして欲しくないが、日和が不服を言う筋合いもなかった。

「俺は仕事を片づけに行くから、日和は好きにしたらいい」

「え、でも……」

好きにしていいと言われても、何もやることがない。どうしたらいいのだろう。

「プールにでも行ってきたらどうだ？　体調は戻ったんだろう？　水着の用意もある。今なら人も少ないだろうし、ゆっくり泳ぐといい」

「……でもルロイは働くのでしょう？」

「仕事といっても取引先に顔を出すだけだからすぐに終わる」

一緒にいたくないだけなのかもしれないという邪推をして日和は自分で傷つく。

「あの、お気をつけて」

日和はぼそぼそとそれだけ早口に言った。

「君こそ、気を付けてくれ。俺がいない時に話しかけてくる人間は無視して構わない。アドラー家を利用しようと手ぐすね引いている奴らもいるから。……電子キーはこれだ」

「わかりました」

「俺の親戚の中にも純血主義の人間がいる。……十分気を付けてくれ」

ひとりになる日和をこんな時でも気にかけてくれることが嬉しくて目を潤ませると、ばつが悪そうにルロイは出て行った。

ドアが閉まると体から力が抜けるのを感じた。何か決定的なことを言われるかもと緊張していたようだ。

（ルロイはいつ僕のことをお義父様たちに言うつもりなのだろう。しばらく黙っているつもりなのかな……）

結婚に興味がなかったルロイだ。また見合いをして結婚するのが煩《わずら》わしいのかもしれない。身の振り方を相談したくて叔父に電話をしたが、嫁いだのだから真美原とは無関係だとけんもほろろに切られ、かけ直しても取り次いでもらえなかった。

納得がいかずアドラー家から渡された契約書の写しを確認すると、真美原家とアドラー家の契約のはずが、いつの間にかアドラー家と日和個人の間でのことになっていた。契約金や成功報酬は真美原家が受け取るが、違約金は日和個人が負担するという。

日和はわが目を疑った。日本にいる間は曖昧《あいまい》にされていたが、両親の借金なんて契約金に比べれば微々たる額で、乾いた笑いが漏れた。

そこまで日和は憎まれていたのだろうか。いや不妊のタヌキなんてお荷物、厄介払いがしたかったのだろう。日菜子を日本にいるうちに本家から出して、心からよかったと思う。

このまま過ごせば鬱々としてしまいそうで、気持ちを切り替えようと日和はプールへ行ってみることにした。

プールには数人しかいなかった。泳いだりビーチチェアで寛いでいたり思い思いに過ごしている。日和は人目を気にせずゆっくりできそうだと気分が明るくなった。更衣室で水着に着替えると水際に腰かけ、そっと爪先を水に浸す。水温は温いお風呂位で心地よい。泳ぐのが好きだ。日和は久しぶりに心が浮き立った。

(泳ぐの久しぶりだぁ。水が気持ちいい)

たぷんと肩まで浸る。反対側まで潜水しても息が続くことに嬉しくなる。折り返しは平泳ぎをする。ひと時のことだが、鬱屈《うっくつ》を忘れて泳ぐことを楽しんだ。

「あの、すみません、アドラー家の方ですよね？」

色んな泳ぎ方で何往復かしてそろそろ休もうと水から上がったら、年配の紳士がプールサイドから話しかけてきた。

「……あの、どなたですか？」

日和はプールに来ているのにスーツ姿のままの男を訝しんだ。

義父の知己だという紳士は、レセプションでルロイといるところを見かけたのだという。

「ルロイさんとは以前パーティーでご一緒したことがあるんですよ。現当主のヘンリーさんと奥様を我が家へ招いたこともあります。親しくお付き合いしているんです」

「はぁ……」

「ご結婚おめでとうございます！　日本の方だと聞きましたが、こちらでの生活はどうですか？」

そんなことまで知られているのか。ルロイが連れていたので、外国から来た伴侶であることはすぐに推測されたらしい。名家のアドラー家が純血主義を曲げたというので、社交界で噂になっているそうだ。

大きな声で説明されて居心地が悪い。男の声が耳目を集めたらしく、人が寄ってきて、握手を求められる。

「今日はルロイさんは？」

「仕事でちょっと」

上流階級の社交はこういうことも含むのかもしれない。よく知らない人に手を握られたり、ハグをされることには抵抗があった。もう行かないといけないのでと断っても、挨拶だけでもと強引に握手を求められて日和はだんだん怖くなってきた。

「ルロイさんはいつ戻られるんですか？」

「あ、あの、すみません」

「もしよろしければルロイさんが戻られてからお食事でも。ぜひご紹介したい商品がありまして」

知らない人々に囲まれ、のべつ幕なしに話しかけられる。ルロイにお近づきになりたいという欲を隠しもしない、背の高い男達に日和は委縮した。

「す、すみません。僕ではわからないので、ルロイに直接お願いしますっ」

言い捨てて人の輪を抜けチェアに置いていたタオルを掴む。後ろから視線を感じたが、無視して部屋に急いだ。濡れたままだったが怖くてこれ以上留まれなかった。

（ルロイって、僕が思ってたよりもずっとずっとすごい人なんだ……）

あそこにいた男達は、ルロイとなんとか繋がりを持ちたい様子だった。きっと彼らが言うほど親しくはないのだろう。結婚ビジネスで裏では名の通った真美原家だが、日和は庶民の暮らししか知らない。ますます立場の違いを思い知った。

誰かにつけられてないかびくびくしながら廊下を急ぐ。しかしやっとの思いで辿り着いた部屋の前に誰かがいた。

見たことのない顔だった。茶褐色に交じるシルバーの髪や顔立ちからアドラー家の縁戚かもしれないが日和はプールでのことが頭に過り、ひどく緊張した。日和はタオルを胸元でぎゅっと握った。

今更ながらルロイにアドラー家を利用しようとする者、純血主義の者もいると注意されたことを思い出す。

「ああ、君が噂のタヌキの伴侶だな」

彼は不躾《ぶしつけ》な口調で言い放った。

「俺のことを知らない？　ルロイの親戚だよ」

警戒を隠せずにいると、朗《ほが》らかな笑みを浮かべ男は鍵を開けるように顎でドアを示した。

「まぁ、近頃お互いに忙しくてね。こちらにいるって聞いたから会いに来たんだ」

会う約束はしていないみたいだが、口振りからルロイと気安い間柄のように感じられる。

だが胡散臭さが拭えず、本能的に嫌だと感じた。鍵は開けたくない。

「ル、ルロイは出かけてます」

「そうらしいね、ノックしても応答がなかった。ドアを開けてくれないか？　気が利かないな」

青年は笑みを消して日和の前に立った。背が高くて、猛禽特有の迫力がある。日和は圧迫感に後ずさりしそうになるのをぐっと踏みとどまった。

「ルロイの留守中に、中には入れられません」

日和は声を振り絞った。気を抜くと足が萎えそうになるが、よくわからない人間を部屋の中に入れるわけにはいかない。男はおやっというふうに眉を上げた。

「……ふーん」

舐めるような視線に品定めされているのを感じた。

こちらに来て以来、こんなふうにあからさまに嫌な態度を取られたことはなかった。真美原では普通だったから慣れているはずなのに、久しぶりにぶつけられる悪意に、自分が怯えていることを自覚した。

かと言ってルロイの親戚を相手に失礼な応対もできない。

「あの、ルロイはもうすぐ戻るはずなので、御用なら、その時に改めてまた」

「ああ、別にルロイに用があるわけじゃないんだ」

「え、それなら、なんで」

わざわざこのホテルまで足を運んだのか。男がここにいる理由に見当がつかない。

「ちょっとご挨拶をさせてもらいに来ただけだ」

困惑する日和との距離を、男はあっという間に詰めて顔を寄せてくる。

「タヌキの割に臭くないね」

「え？　え？」

体臭を嗅がれたのだとぞっとした。

「あ、あの、やめて下さい……っ」

来た道を引き返そうとしたら回り込まれた。腕をどんと壁について通せんぼされる。助けを求めようにも廊下に人の気配はない。壁と男の体に挟まれるような恰好に、日和は身を竦めた。

「うーん、匂い付けがしっかりされてるな。ルロイも物好きだ。全然魅力を感じない。ワシの子を生ませるためとはいえ、タヌキの血を混ぜるなんて気持ち悪い」

その発言に、ルロイの言っていた純血主義の親戚なのだと日和は悟った。場違いに暢気《のんき》な声が余計に怖かった。

「やめて下さい！」

やみくもに日和は腕を突き出し男の胸を押した。幸い男はすんなり離れた。ほっとする日和を嘲《あざわら》うように男は言った。

「でも一族の為だから仕方ないか。タヌキなんてゲテモノ、食指は動かないがおもちゃぐらいにはなるだろう。ルロイなんかよりいい思いをさせてやるから、中に入れろ」

男は身を屈めて、日和の耳元で囁いた。生温い何かが耳朶《じだ》に触れた。口付けられたのだ。

日和はひっと息を飲んだ。

「人を呼びますよ?!」

「呼んでみろよ。お前に誘惑されたたって弁明してやるから。アドラー家の一員である俺と、タヌキのお前ではどちらが信用されるかな？」

楽しそうに笑われ頭の中が真っ白になる。

怖い生き物。強い生き物、そうだ。ルロイ。ルロイに化けよう。ルロイに化けて、ワシになって。それで。逃げて――。

「うわ！　え、何だ?!」

なりたいものを思い浮かべる。全身の細胞が燃えるようだった。

重い鎖を引き千切るように、日和が両腕を広げると体はふわりと持ち上がった。いつもそうだ。初めて化けたものでも、どうすれば思い通りに動けるか体が既に知っている。貞操の危機を感じた日和は、理性をかなぐり捨てて逃げる。しかし長くは飛べずに男から五メートルほど離れた壁際にあった椅子に降りた。

「ワシ?!　タヌキのくせに生意気な……！　だけど俺もワシなんでね、ワシの扱い方はわかっているんだ！」

男はジャケットを脱いで両手で広げた。男のやりたいことが瞬時に理解できた。

ああいうふうに広げたジャケットで上から押さえ込まれたら飛べなくなる。網にかけられるようなものだ。だから距離を置く。日和は椅子を蹴って羽ばたき、今度はシャンデリアに掴まった。ワシの鋭い爪と力強いあしはいとも簡単にシャンデリアへととどまってくれる。椅子が倒れる音としゃらしゃらとクリスタルのこすれ合う音が辺りに響く。

「それならそこまで飛んでやる。本物に敵うはずがないだろ！」

男はぐっと体を縮み込ませようとしている。ワシになるつもりだ。恐怖のあまり化けてしまったが、本物のワシを相手に時間をかければかけるほどに日和の不利になるだろう。何故なら自分の意志での変化は三十分ほどしかもたない。

日和がこのまま人のいるところまでなんとか逃げようと腹をくくった時だった。

「――っち、ルロイが戻ってきたようだ」

男は何事もなかったようにジャケットを羽織った。耳をそばだてると、微かに廊下の奥から足音がした。男は優雅な動きで、日和が蹴り倒した椅子を片手でひょいっと元へ戻した。こちらから意識がそれている今のうちに逃げたほうがいいかもしれない。でも失敗して捕まれば、貧弱な日和に跳ねのけることはできないだろう。逡巡する日和を無視して男はあっさりと、足音がする方とは反対側へ去っていった。

あっという間の、台風のような出来事だった。

（……助かった……？）

男が去った廊下の奥から目を離さないまま、日和はふわりと床へ降りた。男が完全にいなくなったのだとわかって、へなへなと座り込んだ時、自分の手が人間のそれに戻っているのが目に入った。

ゲテモノ。おもちゃ。気持ち悪い。

強烈な害意に、自分の手が震えている。

日和のことを何とも思っていない目をしていた。虫を嬲《なぶ》り殺すような目だ。

日和は顔を歪めた。

アドラー家にいる限りこういうことはまた起きるかもしれない。日和は自分の体をぎゅっと抱きしめた。


「日和？」

廊下に座り込む日和を見てルロイは駆け寄ってきた。

「日和?!　何かあったのか?!」

「僕は大丈夫です……」

腰を抜かしていてみっともないが、気にする余裕はなかった。ルロイが帰って来てくれてほっとした。部屋の鍵を開けたルロイが日和を抱き上げソファに座らせる。

「この匂い……。何があった？　体も濡れたままじゃないか。着替えはどうしたんだ？」

まだ震えが収まらない日和に怪訝そうにルロイが首を傾げながらも、隣に座ってバスルームから持ってきたタオルで濡れた髪を拭いてくれる。

「それが……」

プールで囲まれたこと、廊下で遭遇したワシの青年のことを日和がぽつぽつと話すうちに、ルロイは目に見えて機嫌が悪くなった。

「俺の親戚だと言ったやつは名乗っていたか？」

「いいえ……、あの、タヌキが嫁いでくるのに反対していて、僕を、排除したいようでした…」

あの男が誰なのか、ルロイは思い当たるふしがあるようだった。

「……そうか、わかった。教えてくれてありがとう。怖かっただろう」

「はい、あの、僕はどうしたら……」

「日和は気にしなくていい。俺がなんとかする。相手にしなくて正解だった。大丈夫だ、よくやった」

ルロイはそう言いながらも難しい顔をした。表情と言うことが合っていなくて日和は戸惑った。

「ルロイ……？　あの……？」

「……俺のミスだ、プールにひとりで行かせるんじゃなかった」

「いいえ、ルロイが悪いんじゃありません。僕がもっとしっかりしていれば……」

ひとりで大丈夫だと信頼してくれていたのに、自分が不甲斐ない。

「……あの人、また来るのでしょうか……」

「そいつに心当たりがないこともない。俺への嫌がらせも兼ねていそうだ。ああいった手合いは目的のためには手段を選ばないから、君に何もなくてよかった」

「僕は、ここにいたらいけないのではないでしょうか……」

日和を人間として見ていない傍若無人さは悪い意味でワシらしい。ここに来るまで抱いていたワシのイメージそのままだ。

日和には伴侶たる資格がない。タヌキを娶ったルロイへの嫌がらせが目的なら、純血主義の人たちの希望通りに離婚した方がルロイの為になるのではないだろうか。

「怖い思いをさせてすまない、日和……、君は、誰が何と言おうとも俺の伴侶だ。だから惑わされないで欲しい」

日和はどきりとした。どうして、そんな誤解させるようなことを言うのか。ルロイがまだ日和に好意を持っている、などと勘違いしてしまいそうだ。

そんなことないとわかりきっているのに。

日和は泣きそうになって唇を噛んだ。

「日和、俺は……」

何事かを言いかけたルロイはぎゅっと唇をきつく結び、日和を抱き寄せた。

「……しかし、臭いな」

唐突に、好きな男から臭いと言われて日和は先程までの恐怖が吹き飛ぶほどのショックを受けた。

「す、すみません、プールのカルキでしょうか？　冷や汗も、かいてしまっていますが」

「いや、違う！　日和じゃない！　他のオスが日和に匂い付けしているのが気になったんだ」

ルロイから身を離し日和は肩口をくんくんしてみたが、自分ではわからない。

「日和は俺のなのに……」

ルロイは悔しそうに嘆息した。身を乗り出すようにして鼻先を日和の首筋に寄せる。好きな男に体臭を嗅がれて平気なはずがない。日和はもじもじと尻で後退って距離をとり立ち上がろうとしたが、手首を握られ止められる。

「どこへ行く?」

怒ったように低く言われた。

「すみません、お風呂、入ってきます!」

「いや、ここにいてくれ」

ルロイはぐいっと日和を引き寄せた。不意を突かれてルロイの胸に飛び込んでしまう。体勢を直そうとしたができなかった。ルロイの長い腕に抱き竦められていた。

これ以上ルロイに不快な匂いを嗅がせたくないのに。

「ル、ルロイ?」

彼の名前を呼ぶと、あの新緑の森のような爽やかな匂いが胸いっぱいに広がる。

今はそれどころじゃないのに、背骨を抜かれたように体の力が抜けていく。駄目だと思うのに、大好きなこのフェロモンにうっとりと日和は目を閉じた。

「くそ、日和に無理をさせないよう俺は我慢してるのに……っ」

ルロイは喉の奥で低く唸《うな》るように何か言うと、日和の頭のてっぺんにぐりぐりと顔をこすりつけた。

「ル、ルロイ?!　どうかしましたか?!」

「し」

鋭く言われて、頬を両手で包まれる。首にかかっていたタオルがぱさりと落ちた。

「んぷ」

厚みのある唇が日和のそれに重なってくる。その感触に腰骨のあたりがぞくぞくした。

「あ、む」

突然のキスにびっくりして、反射的に腕をつっぱろうとした。しかし、逞しい胸はびくともしなかった。大きな掌が日和の脇腹をまさぐる。皮膚の薄いところが寒気を感じたように痙攣《けいれん》した。

「あ、ん、だ、だめ、む」

ルロイが苛立った理由を聞きたかっただけなのに、抵抗を許さないというように唇の隙間から舌が入り込んできた。

驚いてむーっと喉で呻いたが、ルロイはそのバイブレーションすら楽しむように舌を絡めてくる。じゅわりと唾液が湧いてきて、ルロイの舌の滑りを良くしてしまう。

（あ、あ……っ）

こんないやらしいキスをされたら駄目だ。流されてしまう。日和は首を振ってキスを止めさせようとしたが、すかさずルロイの左手が顎に添えられた。

水着で上半身裸という無防備さだ。脇腹、肋骨の凹凸《おうとつ》をたどるルロイの右手が胸のささやかな隆起に辿り着く。

セックスの度にルロイは日和のすべてを味わい尽くすように舐めた。きっと日和自身よりも、日和の体を知っているだろう。

二人きりのベッドで与えられる愛撫と睦言《むつごと》。貧相な体がみっともなくて、目を逸らす日和をルロイはなだめすかして、どのようにかわいがられているのかを見るように強いたこともあった。

（ああ、また、気持ちよく、される……っ）

淫靡な期待を見透かしたように、ルロイの指が日和の胸の先をかすめた。大げさなほど体を竦み上がらせて、日和はそこがいいのだと自分で暴露《ばくろ》してしまう。まだ柔らかいそこを、指の腹がくるくると円を描くように撫でる。ぷっくりと立ち上がっても、優しくしか触ってくれない指がもどかしい。

生殺しに我慢できず、ねだるようにルロイの舌を甘噛みした。それをすればルロイが日和の好きなように触れてくれることを日和は知っていた。

ルロイの右手が顎から外れ、期待通りに尖り切った乳首を二つとも同時に押し潰された。さらに乳首のまわりの薄い皮膚ごと挟み込まれ、ふにふにと揉まれる。

「だ、だめ、そんな、されたら……っ」

でもルロイは愛撫を止めてくれなかった。

尖った乳首の先を引っかかれた直後。キスと乳首への愛撫だけだったのに、声もなく日和は射精してしまった。日和は恥ずかしさのあまり逃げ出そうとした。

「あ?!」

しかし、いとも簡単にルロイの膝の上に向かい合わせに乗せられる。

ふと、射精したばかりなのに再び性器が水着を押し上げていることに気付いた。

顔に血が上り、何故か涙が滲んでくる。体の奥を塞いで欲しいのだと、物足りなさにお尻がむずむずしていることもいずれ知られてしまうだろう。

「日和、もっと欲しいのか……?」

ルロイの含み笑いに、ばれていることを確信する。八つ当たり気味に日和はルロイの胸を叩いた。

「や、これは……っ、あなたのっ」

「俺が、どうした」

ルロイは艶やかに囁いて喉の奥でくすくす笑う。

「あなたの、せいですっ、ルロイが、やらしく、触るからっ」

日和はやけくそになって叫んだ。ルロイを直視できず横を向こうとしたら、ぐいっと強引に顎を掴まれ戻される。

「そうか、俺のせいか」

「そうですっ」

ルロイはふうっと息を吐くと、眦の涙を唇で吸い取った。顔中に唇が押し当てられる。日和はぐずぐずと鼻を啜《すす》りながらも、気持ちよさと好きな人と触れ合う嬉しさに、ルロイの膝の上から動けない。

「日和……」

「あ、あ、あ。や」

また乳首をつままれた。唇を貪られながら、つんと立ち上がった先っぽを柔らかく揉み込まれて、体の奥がもどかしくなる。

「ふ、ん、んん！」

「日和、日和、もっと声を出して」

唇の先だけを触れ合わせながらルロイは唆してくる。腰を抱き寄せられ、下半身が密着する。ルロイの股間も盛り上がっていた。日和は瞑《つむ》っていた目を開けた。ルロイの瞼の縁がほんのりと赤く染まっていた。

彼が興奮している事実に肌が粟立つ。再び深くなっていくキスに、顎まで唾液が伝い落ちていく。

腰が揺れて互いのふくらみが擦れ合った。びりびりと下腹が震えるほど気持ちよかった。気を抜くと後ろに倒れてしまいそうで、日和は思わずルロイの背中に腕を回してしがみ付いた。

「や、僕ばっかり、出して……、欲しがってばかりで、恥ずかし、っから、」

「大丈夫、日和だけじゃない」

水着の前が突っ張って苦しくなっている。手早く水着の紐を解かれウエストを引っ張られた。ぷっくりと完全に勃起している性器が勢いよく飛び出す。

「……ああ、こんなに感じて、とろとろになってる」

「や、見ないでぇ」

ルロイがかちゃかちゃとベルトを外す音がやけに長く感じてじれったい。脱ぐのを待ちきれなくて、下着に先端を押し付ける。

「ひ、んやっ」

ルロイが腰を回すようにぐりぐりと擦ってきて、目の前にちかちかと星が散った。彼のボクサーパンツに日和の先走りでいやらしい染みがついた。

頭の中が沸騰《ふっとう》しそうだった。それなのに、卑猥《ひわい》な眺めから日和は目を逸らせない。

「は、は、ん、……あ、ん」

ルロイが下着をずり下げ高ぶった性器を露わにする。ルロイのむせ返るようなフェロモンと微かな汗の匂いに目眩がしそうだった。

腰をよじって自分からねだるように尻を太腿にすりつけると、互いの性器がまとめて握り込まれた。堪らず日和は嬌声を上げた。

「あ、あ……ん」

「ふ、……っ」

日和が好きなあの大きな手が、ぬちぬちと淫らな音をたてて性器をこすっている。自分とルロイの先走りが溶け合って一つになる。粘ついた音と視覚からの刺激が、高ぶり切った欲望をさらに燃え立たせた。

「ああっ、あ、んん!」

「っ、ん、ひよ、りっ」

「ルロ、ィ……い、いいっ、も、あ、あ、出る、で、ちゃうっ」

ぎゅっと内腿が強ばり、爪先を丸める。日和は太腿でルロイの体を挟み込んだ。いつもそうだ。ルロイに触られると何もかもかなぐり捨てて快楽だけを追ってしまう。

「出ちゃう、出るから……っ」

見ないで欲しい。見ないで。

もっと見て。

「やああっ、あ、ん……」

張りつめたものが弾けて、こわばった四肢から力が抜ける。

「っ、日和、く、ぁ」

縋りついていたルロイの体も少し遅れて弛緩した。彼も欲望を吐き出したのだと日和にはわかった。

「――ひぁ、あ、あ……っ」

残滓を絞り出すように扱かれた。

気持ちよすぎてつらい。ルロイは出し切った精液を日和のそれと混ぜ合わせるように掌で性器ごとゆるく揉み込む。

「ん、ふ……あ」

首筋に顔を擦り付けられる。ルロイのフェロモンと精液の生々しい匂いが混然となって日和を包む。

「日和……」

「ん……、ルロイ……」

触られないままひくひくと疼く後腔を満たして欲しくて、日和は甘えるようにルロイの顔へ頬ずりした。

けれどルロイは続きをしようとはしてくれない。

羞恥より欲しい気持ちの方が勝った。日和は少しためらった後、出してなお充溢するルロイの性器に手を伸ばした。

「っ、日和……？」

ごくりと唾を飲み込み、内腿に力を入れて腰を上げた。後ろ手に支えた高ぶりに自分の尻たぶをこすりつけた。

「日和？」

信じられないものを見るようなルロイの琥珀の目に耐えきれず、日和は睫毛を伏せた。

「続き……、して、ください」

消え入るような声でねだると、ルロイがひゅっと息を飲んだ。手の中の性器が一層大きくなった気がした。

「ああ、日和、なんて……」

上擦った声で言うと、ルロイはちゅ、ちゅ、と濡れた音を立てて耳元や汗ばんだ額、頭の上などところかまわずキスしてきた。

ルロイはキスしながら、精液に濡れた手で日和の尻をまさぐる。すぐに長い指が噤んだアナルの中に入ってきた。

「あ、あ……、あん……っ」

しかしすぐに指は引き抜かれた。切望《せつぼう》したものを目前で取り上げられ、日和は愕然《がくぜん》とする。

「ルロイ、どうして……？」

日和の額にルロイのそれがこつんと当たる
「日和、すまない、ちょっと待って、君、熱が出てるぞ」

膝の裏に腕が回された。驚く間もなく抱き上げられ、思わず日和はルロイの首に腕を回した。

「ルロイ、でも、僕……」

疼く体を持て余した日和の腰がもじもじと揺れた。しかしルロイは首を振った。

「だめだ。君は疲れ切っているし、もう休んだほうがいい」

「疲れているのは、ルロイのせいだから……」

日和が口の中でもぐもぐ不平を唱えていると、そっとバスタブへ下ろされた。

「そうだ、俺のせいだ。だから俺が責任をもって世話をする」

そんなふうにきっぱりと宣言されると、日和は何も言えなくなった。中途半端にずり下がっていた水着を脱がされる。ルロイは日和をシャワーでてきぱき洗うと、いつの間に用意したのかパジャマに着替えさせた。

「すまなかった。君に無理をさせるつもりはなかったのに」

いつもは王様のように傅かれているルロイが、甲斐甲斐しく面倒をみてくれるのが不思議だ。

なんでこんなに自分に親切にしてくれるのか。日和のことを嫌いになったのではなかったのか。疑問が泡のように浮かんできたが、聞くことはできなかった。

ベッドに入れられた途端、疲れがどっとのしかかるように体が重くなって、日和は瞼を閉じた。

うとうとしながら、ルロイが部屋を行ったり来たりしている気配を感じる。

ひやりと冷たい何かに顔を撫でられ目を開けると、ルロイが濡れたタオルで汗を拭いてくれていた。こんなふうに世話をされるなんて。真美原の家にいる頃には考えられないことだった。

（いつもひとりで寝てたっけ……）

風邪をひいても、日菜子に心配をかけないよう、日和はいつも平気なふりをした。ひとりになってから布団にもぐりこみ、じっと丸まるのがいつものことだった。

「日和？　具合はどうだ、何かいるか？」

「いいえ、何も……」

「俺がいない間も何も食べてないだろう？」

いつの間にか窓の外は暗くなっていた。ルロイも着替えていて、だいぶ時間が経ってしまっているようだ。

なぜ何も食べていないことがわかったのか疑問に思ったが、すぐにホテルの従業員に聞けば、ルームサービスを利用したかどうかわかると思い当たる。

「今は、食欲がなくて……」

ルロイが溜息をついて、備え付けの電話からルームサービスを頼む。ルロイは日和が起きるのを待っていてくれたのかもしれない。

申し訳なく思っているとルロイがベッドに座った。グラスに水を注ぎ日和を抱き起こす。

冷たい水が口移しに与えられて、日和はこくりと飲み込んだ。

「……ん、……む」

口の端から水がこぼれたが、ルロイがさっと拭ってくれる。水を飲んで初めて喉が渇いていることに気づいた。もっと飲みたくて、日和はルロイのシャツの裾を引っ張った。

「もっと、水、いえ、グラスでお願いします……」

気恥ずかしくなって、また口移ししようとしたルロイを止めると、グラスを渡してくれる。日和はゆっくりと水を飲み干した。

そうこうしているとドアベルが鳴り、食べ物が届く。飾り切りされた果物やオートミール、パンと温めたミルク。ルロイはナプキンを日和の胸にかけた。てっきりルロイの食事だと思っていたので驚く。

「ル、ルロイ、食欲はないです」

「日和、せめて寝る前に果物だけでも食べよう」

子供をあやすようにルロイはいちごを口元に運んでくる。観念した日和は大人しく口を開けた。

甘酸っぱい苺《いちご》を咀嚼《そしゃく》していると、何食わぬ顔でルロイは二つ目を食べさせようとする。仕方なく日和は食べた。それを何度か繰り返され、限界を感じた。

「さすがに、もう無理です」

ルロイはもう少し食べさせたそうなそぶりを見せたが、日和が口を閉じて食事は終わりだと意思表示するとようやく諦めてくれた。

「……実は、検査結果が早く出たと連絡をもらって、さっき病院で話を聞いてきたんだ。勝手にすまない」

伴侶でもプライバシーは大事だ、としかつめらしい顔で詫びられる。

「未成熟なだけで、生殖機能に異常は見られないそうだ。君は欠陥品じゃない。いずれ体が成熟すれば発情期も訪れるだろうと医者は言っていた」

日和は思いもよらぬ結果に息を飲んだ。

「ここ最近の体調不良は擬似フェロモン薬の副作用や環境の変化によるストレスで、ホルモンバランスが崩れていることが原因だろうとのことだ。だからあの薬は禁止だ。医者から新しい薬を預かってきた。ホルモンバランスを整える薬だそうだ」

ルロイは真新しい小さな紙の箱を開ける。その中に入っていたブリスターパックから錠剤を押し出すと、口移しで日和に飲ませた。

ちゃんと飲んだことを褒めるように頭を撫でられて、日和は泣きそうになってしまった。まるで以前に戻ったみたいにルロイは優しい。

「ル、ルロイ、あの」

「どうした？」

ルロイが話を聞く姿勢を見せている。

己惚《うぬぼ》れてはいけない。また悲しくなるだけかもしれない。弱い心を守る為に前置きをしながら言った。

「どうして、こんなに、よくしてくれるんですか？　僕は、あなたを騙していたのに……」

ルロイは虚を衝《つ》かれたように目を瞬いた後、ルロイはぎゅっと眉根を寄せた。

「……俺は真美原家が信用できない。なので、こちらに提出された診断書も信用に値しないと俺は判断した。真美原家についても調べさせてもらった。資金繰りに困っているのは事実らしいが、条件に合う者は他にもいたのに日和をばれなければいいとばかりに寄こしたのは何故だ？　何か事情があるなら教えて欲しい」

ルロイが真剣に日和のことを考えてくれていることが伝わってくる。叔父との電話でのやりとりや契約書のことを思うと話してしまってもいいだろう。

最初は妹に見合いの話をされたこと、しかしすでに妹には結婚の約束をした相手がいたので断ったら代わりに見合いへ行くように言われたこと。両親の借金を消してくれるというのと、これまで面倒を見てくれた恩義があって断り切れずに了承したこと。アドラー家はメスを希望しているからオスの自分ならすぐに破談になって帰されるだろうと思っていたことなどをぽつぽつと説明した。

「ご両親の借金のことは、こちらでも調査してみよう」

すべて話し終えて少し気が楽になった。同時に、ルロイを騙してきたことに罪悪感はいや増した。

背中を優しく支えていた腕が、日和をまたベッドに横たえて、肩まで上掛けを引き上げてくれる。

「ありがとうございます……、僕なんか、追い出せばいいのに……」

「別に大したことではない。色々考えたくて、これまで君を放置してすまなかった。俺は婚姻を続けたいと思っている。……日和が伴侶でいてくれる方が都合がいいんだ、だから気にしなくていい」

ルロイはばつが悪そうに口ごもった。

「日和のことが表沙汰になれば、またやれ離婚だ再婚だとうるさくなるのは目に見えているからな。どうするのが俺たちにとって最善なのかわかるまで、……できる限りこのことは伏せたい」

「そう……、そう、ですか……」

日和の存在はルロイにとって都合がいい、ただそれだけなのだ。日和はがつんと頭を殴られたようなショックを受けた。ルロイにまだ少しは好かれているのでは、なんて随分厚かましい勘違いだった。

久しぶりに触れ合ったことも、冷静になって考えればただの匂い付けだったのだ。

しきりに臭いと言っていたし、オスとしてマーキングするのは本能的なものだろう。日和を欠陥品ではないとルロイは言ってくれたが、彼の子を孕むことができない自分がなんの価値もないことに変わりはなかった。

「他のオスが手を出してきたら、我慢せずに言うように。速やかに対処する。いいね？」

「……はい」

「訪問客は親族であっても、レセプションで断るようにしておこう」

ルロイは日和に好意があるわけではない。伴侶——自分の所有物——が他のオスにちょっかいを出されるのが我慢ならないだけなのだ。

日和はぎゅっと目をつぶった。

裏切っていたのは自分なのだから泣いてはだめだ。

「日和？　眠ったのか？」

日和は返事をできないまま、じっと体を強ばらせていた。

日和が目を覚ますと、時計は八時を回ったばかりだった。市街地のホテルから帰って四日が経っていた。カーテンの隙間から陽光が差し込んでいる。体調を崩しがちな日和は外に出ることが減ったが、相変わらずレッスンを受けている。

相変わらずひとりだけの寝室。着替えの時に鏡に映っていた胸元のキスマークも薄くなってしまった。それだけ触れ合っていないのだと教えられるようで悲しくなる。

昨夜も、急に入った出張で州外にいると執事が言っていた。夫の予定も把握《はあく》していないときっと内心で呆れているだろう。

ルロイと会えない寂しさに加え、アリシアが春休みで明後日からここに三週間も滞在すると一昨日に伝えられたことも、日和の気を重くしていた。

アリシアは少子化傾向の一族の中で、比較的ルロイと年が近い。幼い頃から本家によく預けられ、ルロイとは兄妹のように育ったらしい。

彼女が急に訪問しても、お嬢様が久しぶりに帰ってきたというふうに使用人も歓迎するのだった。

ここに住むようになって一月程だが、市街地にある高校の寄宿舎にいるアリシアは、既に二回泊まりに来ている。こちらのお国柄では休みに仲の良い親戚の家に遊びに行くのは珍しくないことらしいが、さすがに多く感じる。

そう思ってしまうのは、初対面でタヌキは認めないと彼女に宣言されたのが大きいだろう。ルロイの妹のような存在であるアリシアに疎まれ、どういうふうに接すればいいのかわからない。

(ルロイはいつも通りでいいと言っていたけれど……)

相変わらずルロイは忙しそうにしていて、日和とベッドを共にすることはない。そのくせ、他のオス除けだといって、時折キスをしたり抱き締めたりする。

『今日の体調はどうだった？　不心得者が訪ねてきたりしていないか？』

メイド達が見ていた為もあるだろう、一昨日も日和を抱き締め匂いを確かめるように首筋に顔を寄せてきた。

パートナーとしての体裁を保つ為と、自分のメスを他のオスに渡したくない本能でしかないとわかっているので、日和は複雑な気持ちになった。

(そろそろ噂になっているんだろうな……)

日和とルロイの不和に一番に気づくのはメイドだろう。まるで見せつけるように挨拶のハグやキスをしているのに、一緒に寝ていないのだから。

(僕は馬鹿だ。この想いは叶わないのに……)

一族の中には失恋のショックで衰弱死した者もいたというが、今ならわかる。衰弱するほど誰かを恋い慕った、そのタヌキの気持ちが。

微熱があるせいかぼんやりしながら、日和は身だしなみを整えた。こちらは昼はぽかぽか陽気でも朝夕は気温が下がって今朝も肌寒い。日和はルロイに与えられたシャツの上にカシミヤのカーディガンを羽織った。

階段を下りると、食堂のほうで人の気配がする。いつもより賑やかな感じがして、ひょっとしてルロイが帰宅してアドラー夫妻と食事をしているのかもしれない、と逸る気持ちを抑えながら急いだ。

思った通りルロイの声が聞こえてきて、顔が自然と微笑んでしまう。食堂に入ると、やはりルロイがいた。しかし。

（あれ、アリシアもう来てる……）

ルロイの隣にはアリシアが座っていた。メイド達に給仕されながら、楽しそうにカトラリーを操っている。彼女の来訪は来週だと思い込んでいたので心の準備ができていなかった。

知らない人ではないが気後れして、どういうふうに声をかければいいのかわからない。楽しそうに会話しているのを邪魔するのも気が引ける。

「ねぇ、ルロイ、明後日はデートできるでしょう？」

「俺なんておじさん相手するより、学校のボーイフレンドと出かけるといい」

「ルロイがおじさんだなんて、そんなことないわ！　私も来年度はもう卒業だし、大人と変わらないのよ」

「そうか、もう卒業か、早いものだな。あんなに小さな赤ちゃんだったのに……」

懐かしがるようにルロイが頭を撫でると、アリシアは拗ねたように頬を膨らませた。

「いやだわ、やめて頂戴。子供扱いは好きじゃないわ」

「アリシアはいつまでもかわいい、俺の小さなお姫様だよ」

小さな女の子を相手にしているようなルロイの態度に、日和は少しほっとした。

入り口でぐずぐずしていると、ルロイと目が合い、どきりとする。琥珀色の瞳が、シャンデリアの灯りを反射してきらきら光って見えた。

「——日和」

名前を呼ばれる。いっせいにその場にいる人達がこちらを振り向いた。アリシアに睨まれて一瞬ためらうが、行かない方がおかしいと思いルロイの傍まで歩み寄った。

「ルロイ、おはようございます、あの、お帰りなさい」

ルロイは食事を中断して席を立ってくれた。けれど日和の顔を覗き込んで眉を寄せる。

「顔色がよくない。体が辛いならまだ休んだ方がいい」

「いえ、大丈夫です。ご一緒していいですか?」

ルロイは少し疲れているようだったが、それすらも男っぽい色気に繋がっている。まっすぐに見ることができなくて、日和が俯きがちにもじもじしていると、長い腕が日和の腰をぐっと抱いた。

「ル、ルロイ」

抗おうとしてできなかった。日和だってルロイに触れたかったから。おずおずと日和はルロイの胸に頬を寄せた。

抱き寄せられた腕の中は、新緑の森のような匂いがした。

抱き締められてほっとする。ほっとするのにとても寂しい。これが体裁を保つための匂い付けだと日和は知っているからだ。

(勘違いしたら駄目だ……)

日和は自分に言い聞かせる。

五秒数えてから身を離すと、ルロイの腕は簡単に外れた。一頻りくっつけば匂い付けは十分だろう。日和は寂しさに唇を歪めそうになって、きゅっと奥歯を噛んだ。

「……仲違いしているんじゃなかったの……?」

アリシアが何か呟いた。意図せずアリシアを無視する形になって、日和は慌てて詫びた。

「お、おはようございます、すみません、ご挨拶が遅くなって。ようこそ、アリシア、ゆっくり寛いでくださいね」

微笑んで歓迎すると、豪奢な巻き毛の少女は日和を睨んで、つんとそっぽを向いた。

「なんだか妙な感じね。タヌキのあなたはよそ者なのに、ここが自分の屋敷であるかのように私を歓迎するなんて」

アリシアは日和なんかよりもずっとこの屋敷で過ごしてきた。違和感を覚えるのも当然だろう。

「そういうつもりでは……」

「随分朝も遅いみたい。もう八時半よ？　私達、もう朝食は終わりそうよ」

アドラー家の人々は何か予定がない限り、七時半ごろに朝食をとる。アリシアの言う通りで、日和は言い訳もできない。

「日和はそんなに遅れてないさ。体調がよくない時に無理する必要は無い」

ルロイはかばうように言って、日和に座るように目配せする。日和がルロイの向かいに腰を下ろすとすぐに食事が運ばれてくる。

「まぁルロイったら。甘いのね。私が遅れたら叱《しか》るのに」

「時と場合による。アリシアは夜遅くまで遊んでいるからだろう？」

「あら、ここは私の第二の家よ。羽を伸ばしてもいいじゃない」

「それなら尚更、夜更かししても、朝は起きてきて家族一緒に食べるべきだ」

テンポよく話す二人に口を挟めない。だがメイドがアリシアに飲み物を持ってきたことで会話が途切れた。日和はアリシアに話しかけた。

「アリシア、今日は学校はお休みですか？　お休みは月曜日からだと伺っていましたが」

アリシアがポーチドエッグを口に入れたのを見て、ルロイが日和に説明してくれる。

「休校になったそうだ」

こちらの学校では、一学期に一度ほど教師の実習や学校スタッフの訓練などで休校日が設定されるのだという。それで春休みが早まったのだそうだ。

「日和、今夜は外食しようと思っているんだが、アリシアも行くことになった」

「あら、日和は体調がよくないのでしょう？　そんな時にお誘いするのはよくないわ。私達だけで行きましょう」

「日和？　どうする？　もちろん無理はして欲しくないが……」

同席しても、また二人の話題に置いて行かれるのは目に見えていた。行かないでいいのならそのほうがありがたい。ルロイも彼女との気兼ねない夕食を邪魔されるのは嫌だろう。

「お二人で楽しんできてください」

アリシアはゆっくりと舐めるように日和を眺めた。

「それにしても相変わらずね。服に着られているというか……。夕食に出かけても、これじゃあテーブルを一緒にするのをためらってしまうから、留守番するのが正解だわ」

婚姻中は、日和の生活の一切の面倒を見るというのも契約の中にあり、服はアドラー家が用意してくれている。どれも素材から吟味《ぎんみ》されたオーダー品やブランド品ばかりだ。日和は服に負けてしまっている自覚があった。

「そうかもしれません。服が立派過ぎるのでしょう」

「っ、……本当に察しが悪いのね」

「？　すみません……？」

きょとんとしていると、ルロイが低い声で言った。

「アリシア。日和に失礼なことを言うのはよしなさい」

「あら、事実を言っただけだわ」

「アリシア」

ルロイが表情を険しくすると、アリシアはばつが悪そうに唇を噛んだ。

「もう、いいわ。タヌキがいると食欲がなくなっちゃう。ご馳走さま」

「アリシア！」

ルロイが咎めるように鋭く呼んだが、ぷいっとアリシアは顔を背けて立ち上がった。

アリシアが去ると、ルロイが大きく息を吐いた。

「すまない、アリシアが失礼なことを。日和の耳にもいずれ入ると思うが……、アリシアの両親が純血主義者である影響からか、あまり他種族のことをよく思っていないんだ。それにしても今朝はひどすぎる」

「いいえ、ルロイ、僕は気にしていませんから……」

さっと向かい側から手が伸びてきた。それに誘われておずおずと日和は手を差し出した。慰めるようにルロイの大きな手にきゅっと握り込まれる。

「君の善良さは美徳だが、目に余るならすぐに教えてくれ」

「我慢してませんよ、大丈夫です」

ルロイの甘やかな表情に日和はそわそわしてしまった。


「あ、そうだ、お薬」

ルロイに連れて行かれた病院で処方された薬は一日一回、コップ一杯の水でなるべく決まった時間に飲むよう言われていた。誰にも見られないようにとルロイに言われているので、日和は朝食後に部屋で飲むようにしている。

部屋に戻りチェストの引き出しから、薬入れの小箱を取り出す。これに、擬似フェロモン薬と一緒に薬を保管している。発情期が来ていないことがばれてしまった今、擬似フェロモン薬は不要だが、ルロイから保管しておくように言われている。もしかしたら契約違反の証拠の一つとして取っておきたいのかもしれない。

この新しい薬で体調が整うらしいが、今のところ効果は実感していない。コップの水を口に含んだ時、響いたノックの音に日和はびくりとした。

慌てて水を飲み込んで、返事をしようとした。しかし返事を待たずにドアノブが回った。返事がなかったのに入ってくるのだからルロイだろうかと振り返ると、立っていたのはアリシアだった。

アリシアは日和がいないと思っていたのかちょっと驚いたようだった。が、たじろいだ自分がきまり悪いというようにすぐに表情を固くした。

「日和。中に入れて下さる?」

「は、はい、どうぞ」

日和は薬を見られないようにさりげなく小箱の蓋を戻した。そんな日和をアリシアはじっと見ていた。何か聞かれるだろうかとどきどきしたが、アリシアは何も追及してこなかったのでほっとする。

アリシアは未婚の女性なのでドアは開けたまま、チェストの傍らに立った。堂々としたアリシアはまるでこの部屋の主のようだった。

「単刀直入に言うわ。あなた、ずっと伴侶の務めをこなせていないらしいじゃないの。次代へ血を繋ぐのも当主の伴侶の大切な仕事の一つなのに」

「どういう意味でしょうか？」

面食らいながら、日和はアリシアに聞き返した。

「ルロイとうまく行ってないのでしょう？　みんな知っているわ」

発情期の後も毎日のようにしていたセックスがなくなり、ベッドすら共にしなくなれば、いくらルロイが多忙とはいえ不仲を疑われるのも当然だろう。だがそんな極めてプライベートな事柄をアリシアにまで知られてしまうなんて。

メイドたちの間で噂になっていて、アリシアの耳にも入ったということだろうか。そしてそれを隠すことなく日和にぶつけてくるアリシアにも日和は驚いていた。

「もともと分不相応だったのよ。私が当たり前にできることがあなたはできない。知っているべきことも知らない。住んでいる世界が違い過ぎるのよ」

アリシアは日和を責めるように重ねた。

「そもそもルロイは女性としかお付き合いしたことがなかったわ。あなたはオスだし、その上タヌキでしょう？　ルロイに不釣り合いだわ」

彼女の率直な言葉は日和の胸に突き刺さった。

価値観の違い、育ちの違い、ルロイと共に過ごすほど日和は思い知らされる。アリシアの言うことは一々尤《もっと》もだった。

「その点、私は違うわ。私はずっとルロイと結婚するって言われてきたし、自分でもそう決めていたの。妻としてふさわしいように努力してきたわ。それなのにいきなりお見合いだなんて」

アリシアがルロイを好きなことに驚きはなかった。好意を隠そうともしなかったから。しかし日和だって自分から望んでお見合いしたというわけではない。事情があってここに来たのだ。

それを横からルロイを奪ってしまったと言われても戸惑ってしまう。

「身を引きなさい。それがあなたの為でもあるのよ」

最初から破綻していた婚姻だ。日和はいずれここを去らなければならない。しかしルロイが現状を維持するつもりである以上、日和はルロイの意向に従うつもりでいる。そんな

いた。

どんなに説得されても彼女の望むような答えは返せない。返事ができないまま日和は俯

「あなたも本当はどうすべきなのか、わかっているのでしょう？」

事情を知らないアリシアはさらに言った。

「――日和！ そろそろダンスの時間だよ？」

突然のマティの声に日和は顔を上げた。笑顔のマティがひょいっとドアから顔をのぞか

せ、おやっという顔をした。

「アリシア？ 何してるの？ また日和をいじめてるのかい？」

「マティアス！ 失礼な誤解をしないでちょうだい！」

心外だと憤慨するアリシアにマティは「自覚がないのか？」と肩を竦めた。

「未婚のレディがルロイの伴侶とはいえ、家族でもない異性と長時間二人きりなのは感心

しないな」

マティが注意をすると、即座《そくざ》にアリシアは顔を真っ赤にした。

ルロイの伴侶であるが日和もオスであることに変わりはない。ずっと二人きりでいては、

ドアを開けていてもあらぬ誤解を招きかねない。

「気持ち悪いこと言わないで！ 失礼するわ！」

振り返ることなくアリシアは部屋を出ていった。

「まだルロイを諦めていないのか……。日和、あのお嬢様にはルロイの伴侶としてがつんと言っていいんだよ。日和ができないなら、ルロイにきちんと相談する方がいい。エスカレートするかもしれないから」

「でもマティ、アリシアの気持ちも僕は痛いほどわかるんです」

ずっと好きだった人が突然、しかも他種族のオスと結婚するなんて、相当ショックだったに違いない。

日和は目障りでしかなく、横入りされたようで悔しいし悲しいだろう。

「日和。君はいい子過ぎるよ」

「いいえ、僕はひどい人間なんです。……マティ、着替えるので先にホールへ行っていてください」

マティはそれ以上何も言わず、慰めるように日和の肩を撫でて出て行った。

日和は小箱の鍵をかけてチェストの引き出しに入れた。

アリシアがルロイと結婚するはずだったというのは本当だろうか。兄妹のようなものだと聞いていたが、ルロイと日和が離婚したら、アリシアと結婚するのだろうか。

同族だから反対する人もいないし、仲もよくてお似合いだろう。子供だってきっと生まれるに違いない。

（僕に、発情期が来ていれば……、ずっとルロイの傍にいられたのに）

アリシアへの嫉妬《しっと》がこみ上げて、日和は涙が出そうになった。

ルロイはいずれ日和に発情期が来るような口ぶりだったが、発情期が来たとしても離婚は免《まぬが》れない。だってルロイは現状を維持したいだけで、日和のことなんてなんとも思っていないのだから。

自分が未成熟な体でさえなければ、問題なく結婚できていたなら、ルロイの伴侶の座を絶対に誰にも譲ったりしないのに。

ずっと一緒にいる。それができればどんなに幸せなことだろう。

羨ましさと惨《みじ》めさが日和の胸を塞いで苦しい。

それなのに、こんなにつらいのに、どうしてこの恋しさは消えないのだろう。


アリシアとできるだけ顔を合わせないようにしているが、突然部屋を訪れてきたり、避けられない食事の席で『マナーがなっていない』と微に入り細を穿《うが》つように指摘をされたりする。数日も経てば、人の悪意に鈍感な日和でも疲弊《ひへい》した。

普段ならルロイの帰宅を待って挨拶をしてから眠るところだが、その夜は精神的に疲れて早々に寝室に引っ込んだ。

（あ、お薬、飲み忘れてた……）

ストレスのせいかうっかりミスが増えている気がする。日和はベッドから起き上がって自室に行くと、チェストを開けて小箱を取り出す。しかし何故か小箱の鍵がうまく回らない。

「あれ？　壊れてる？」

何度か鍵を入れ直したり回し方を工夫して、ようやく鍵が開いた。日和は小箱から薬を取り出しいつものように飲もうとして日和は手を止めた。

（あれ、ブリスターパック、一つ少ない？　気のせいかな？）

薬入れの中を確かめると、擬似フェロモン薬と新しい薬が減っている気がした。

（ルロイが持って行ったのかな？　でも小箱の鍵を持っているのは僕だけだし、僕に断りもなしに持っていくことなんてあるかな……。数を勘違いしていたのかな？）

日和はもやもやしたが、ルロイが帰ってくるのを待てる自信がなかった。薬を飲んだ日和はまたベッドに横になって、明日の朝にでもルロイに確かめようと思いながら目を閉じた。

ベッドでうとうとしている時だった。

不意に、誰かに優しく頭を撫でられた。新緑の匂いがしてルロイだとわかった。

日和はこれは夢だなと確信した。

以前だったらわからないが、ルロイが寝ている日和にこんなことをするわけがない。でも夢の中でぐらい、幸せに浸ってもいいだろう。

ルロイの姿を見たいのに、瞼がやけに重くて目が開けられないまま、手探りで腕を持ち上げると、すぐにルロイが捕まえてくれる。日和が心で願った通りに、彼の首に腕を回されて、嬉しくてぎゅっとしがみつき彼の胸に頬ずりした。

「日和、起こしたか?」

潜めた声に耳をくすぐられる。柔らかな感触と共にちゅっという音が耳の付け根で聞こえて、ルロイがキスしてくれたのがわかった。日和は顎をあげて唇を尖らせると、すぐに欲しかったものが与えられた。

夢の中なら素直に甘えられる。幸福感に満たされて日和は四肢の力を抜いた。

添い寝してくれるルロイがやけにリアルで、なんていい夢なのだろうと引き込まれる一方、現実には起こりえないのだという切なさが募った。

『ルロイ、ごめんなさい、嘘なんて吐かなければ……、いっそのこと、見合いなんて断ればよかった……』

寂しさに突き動かされ、悲しい本音が日本語で漏れていく。

「日和？　なんて言ったんだい？　俺にもわかるように言ってくれ」

夢なのにルロイは英語しか理解できないらしい。妙なリアリティを感じて、日和は英語で同じことを語った。

「何故、そう思う？」

「だって、そうすれば、こんなに悲しい思いをしなくてすんだのに……」

「悲しい？」

「出会わなければ、あなたに嫌われることもなかった」

「日和……、俺は君に出会えてよかったと思っているよ」

夢の中だからルロイは日和の喜ぶことを言ってくれる。わかっている。日和はかぶりを振った。

だってこんな幸せなこと、日和に起きるはずがないのだから。

「嘘です。僕にはわかっているんですから」

「嘘じゃない。俺が嘘なんか吐いたことあるか？　俺は日和が好きだよ」

「……嘘。……これが、夢じゃなかったら、よかったのに……」

夢なのだから少し大胆になる。本当だったら言えないことも言える。

「夢……？　夢なのか？」

「あなたと会えなくて、寂しいんです。もっと一緒にいられたら……」

もっとぴったりくっつきたくて、むき出しのルロイの肩、首の付け根に顔をすりつける。

一番収まりのいい場所を求めて日和はもぞもぞと動いた。ルロイは日和の気が済むまで好きにさせてくれた。

「……それは、すまない」

前髪をかきやられた後、柔らかなものが額に押しつけられた。それがキスなのだと認識したのはしばらく経ってからのことだった。キスは前髪の生え際、こめかみ、眉尻、頬、鼻梁。唇に移動していく。

「ん、ルロイ、あ……それ、……すき……」

口の中を舌でくすぐられ、思わず鼻声が漏れてしまった。

「ん、ああ、日和……、素直な君はとても素敵だ……」

深いキスの合間に、そんなふうに優しい声で褒められて、日和はうっとりしてしまう。

心地よさに日和は自分の意識が沈んでいくのを感じた。

「……日和？　寝たのか？　困った子だ……」

ルロイが頭の上で溜息を吐いたが、嫌悪は感じられなかった。

日和はくすりと笑った。夢だから自分に都合がよくて当たり前だ。

「おやすみ、日和」

ルロイが優しく頭を撫でてくれた。まるで日和を愛おしいとでも言うように何度も。

朝にはきっとまたひとりベッドにいるのだろうが、今だけはルロイが傍にいてくれる至福に酔いしれた。


ようやくアリシアがいる最後の週を迎えた。

アリシアの滞在は日和の生活にさざ波を立て続けた。

ライバルをわかりやすく排除しようとするのは、彼女が素直だからだろう。しかし、ルロイを好きな気持ちを隠さないのはまだしも、わざと日和との会話を遮《さえぎ》ったり、メイドにお願いしてルロイへの伝言を届けさせなかったりするので、ルロイに迷惑をかけたこともあった。

厄介《やっかい》なことにメイドの一部はアリシアに味方して嫌がらせに協力するようになっていた。

アイロンがけが雑になったり、あるべきものが違う場所に片づけられたりして少し困ってしまう。

（……駄目だ、今はそんなこと気にしている場合じゃない）

日和はぱちんと自分の頬を叩いて意識を切り替えた。ぼんやりしている暇はない。パーティーまでもう二週間も残っていなかった。

ダンスの練習やマナーのおさらい、アドラー家の親戚の暗記などやることはいっぱいだった。

幸いホテルで日和を襲おうとした男が資料のおかげで判明したので、招待から外してもらうことができた。

（僕の失敗は、ルロイの恥になる。絶対にルロイの迷惑にならないようにしないと）

ダンスはマティに随分とよくなったと褒められた。この調子でいけばパーティーでもきちんと踊れるだろうとのことだった。マティのお墨付きにほっとするが、緊張しすぎて何かやらかさないとも限らない。

日和は考えるだけで胃が痛くなりそうだった。

マティとのレッスンを終え、自学自習をいつもの通りにこなした日和がそろそろ入浴しようと顔を上げると、雨が窓ガラスを叩き始めた。嵐になるかもしれない。雹《ひょう》が降ることもあるそうだ。

今日、アリシアとルロイは市街地の知り合いに泊まりがけで会いに行っている。日帰りにしなくて正解だったなと思っていると、ドアが叩かれた。

「日和？　もう寝てるの？」

アリシアの声にどきりとする。

何故アリシアがここにいるのだろう。泊まりではなかったのだろうか。

少しためらったが、無視しても明日に先延ばしになるだけだからと、日和は応じることにした。

「いいえ、どうぞ」

日和の返事とドアノブが回るのはほとんど同時だった。アリシアはせっかちなのかもしれない。

「こんばんは、アリシア。どうかされましたか？」

アリシアは後ろ手にドアを閉めた。その表情が怒りを含んで強ばっている。

いつもだったら開口一番に日和に嫌味を言うアリシアだ。普段と違う彼女に日和は困惑した。

（あれ、密室でふたりきりになるのはよくないって言われてるよね……）

日和にはもちろん何かするつもりはない。しかしメイドに見られでもしたら、後々ルロイにご注進されたりして、面倒なことになるかもしれない。

ドアを開けるように言うべきだろうか。しかし日和が意見すればアリシアをますます不機嫌にさせそうで怖い。

「あの、アリシア……？　何かありましたか？」

どうしたのだろうかとそわそわする日和を、アリシアはじっと見据えた。

「空々しいわね」

「え……？」

「察しが悪いあなたにもわかりやすく言うわ。あなた、いつまでここに居座るつもりなの？」

「あの、アリシア？」

居座るも何も、日和は正式な契約のもとに嫁いできた。嘘のことがあるから、そう遠くないうちに離婚することになるだろうが、対外的には二年間アドラー家にいるという約束である。

話が見えず日和が首を傾げると、アリシアは気分を害したように目を細めた。

「とぼけないで頂戴。あなた、不妊なんでしょう？」

どきりと心臓が強く肋骨を叩いた。

——ばれた？

どうして。ルロイから聞いたのだろうか。

「言い訳は結構よ。あなたが飲んでる薬、調べさせてもらったわ」

日和ははっとする。十日ほど前から薬を入れていた小箱の鍵の調子が悪くなった。その時にブリスターパックが少なくなっているような気がしたことを思い出した。ルロイに確認しようと思っていたがタイミングを逃してそのままうっかり忘れていた。

まさかアリシアが薬を盗んでいたなんて。

一体どうやって。メイドに頼んだのだろうか。

普段マナーに煩いのにノックしただけで、日和が不在かもしれないのに部屋に入って来ていたのは、薬が目的だったからのかもしれない。半ばパニックに陥りながらも、日和は目まぐるしく考えを巡らせた。

日和が口を開くより早くアリシアは続けた。

「メイドが薬に気づいてルロイに報告したって言ってたのに、こんな嘘をついて平気な顔をしている卑しいタヌキと離婚しないだなんて……。理由がちっともわからないわ。同情しているのかしら？　でも近頃、あなたとぎくしゃくしているみたいだし。一緒の寝室で寝ていないそうじゃない？　ようやくルロイも踏ん切りがついたみたいでほっとしたわ」

アリシアの薄いピンク色の唇は微笑んでいる。だけどひどく醜悪《しゅうあく》に見えた。

「さっさと自分から身を引くように忠告してあげたのに、何故ぐずぐずしているのかしら。図々しいったらないわ」

アリシアは何故日和に言うのだろう。ルロイに直接訴えたほうが早いのに。

そんな疑問が浮かんできた。そうすればルロイの都合で離婚を保留にしていることもわかるだろうに。

いくら日和が悪いからと言って、日和の部屋に忍び込んだり、こっそり薬を盗んだことをルロイに知られたくないのかもしれない。

ルロイには何か考えがあるようだったから、確認しないまま妊娠できないことを認めるわけにはいかない。嘘がばれたところでせいぜいアリシアの自分への印象がより悪くなるくらいだ。日和はごくりとつばを飲み込んだ。

「ア、アリシア、僕の飲んでいる薬、というのは、チェストの小箱に入っていたものですか?」

「そうよ?　何?　言い訳するつもり?」

アリシアは苛立たし気に眉を寄せた。

「アリシアがそれをどうやって手に入れたのか知りませんが、あのお薬は……、ルロイが、体調を整える為に飲むようにと、手配してくれたお薬です。だから疚《やま》しいことはありません」

　不妊で擬似フェロモン薬を飲んでいたのは本当だが、体調を整える為の薬を服用しているのも嘘ではない。

「何言っているの？　そんなはずないでしょ！　薬は不妊治療のお薬だって、お医者さまも言っていたわ！　それに擬似的にフェロモンを出す薬もあったと聞いているわ。つまりあなたが妊娠できるというのは嘘ってことでしょう？　詐欺じゃないの！　この期に及んでいい逃れようとするなんて恥ずかしくないの？」

「それはっ……、ぼ、僕のフェロモンは弱いので、補助の為に飲んでいるんです、ルロイも知っています……っ」

　しどろもどろになりながら言い訳すると、アリシアは眦を釣り上げた。

「何それ、やっぱりあなた、不具合があるんじゃない！　タヌキのあなたがここに呼ばれたのは、ワシの子供を望まれているからなのよ。不具がある者を嫁がせるなんておかしいじゃない！　ルロイは何を考えているのかしら？」

「ぎ、疑問があるのなら、ルロイにお尋ねください……、申し訳ないですが、これ以上、僕から答えられることはありません……」

しばらく固まった後、日和を嘲うようにアリシアは鼻を鳴らした。

日和はぎゅっと胸の辺りで手を握り身構える。

「あなたの実家はそういうビジネスを生業にしてきたお家なんでしょう？　これは重大な契約違反よ。そんなあなたをこちらによこすなんて」

「それは……」

契約の詳細を知る立場にないアリシアが口を出せることではない。

この婚姻はアドラー本家と真美原の間で合意があればいいのだ。

アリシアには窺い知れない事情があるのだと反論したくなったが、火に油を注ぐことになるだろうと日和は言葉を飲み込んだ。

「私達は誇り高いワシの一族よ！　こんなふうに馬鹿にされて腹立たしいったらないわ！さっさと出て行って、二度と顔を見せないでちょうだい。さもなければ不妊のことをパーティーで暴露することになるわ！」

叫ぶようにアリシアは言い放つと、憤然《ふんぜん》と身を翻《ひるがえ》しドアを開けた。叩きつけるようにドアは閉められる。

静かになった室内で日和はしばし呆然とした。

「どうしよう……」

咄嗟《とっさ》にああ言ったものの、あの対応でよかったのだろうか。気持ちが落ち着いてくると、不安が湧いてくる。

真美原は自業自得なので仕方ないが、一族が集まるパーティーで暴露されれば、ルロイや義父母の面目は丸つぶれだろう。

日和のせいで、ルロイの次期当主としての資質を疑われ、跡継ぎとして認められないだなんてことになったら取り返しがつかない。

ルロイに相談しなければ。だがルロイは予定通り泊まりなのか、帰ってくる気配はなかった。吹きつける風がだんだんと強くなり窓を揺らすのが、あたかも近い未来を暗示しているようで不気味に感じられた。


翌日、嵐は去ったが日和の心を映したかのように曇っていた。

「日和、ストップ」

マティのカウントが止まった。ホールドの形にしていた腕を下ろし、日和は項垂《うなだ》れた。

「すみません……。せっかくマティが教えてくれてるのに……」

昨夜は一睡もできず、何をしていてもアリシアのことが気がかりだった。

集中していないことなんてマティにも丸わかりだったのだろう。マティに失礼だとはわかっているが、どうにもならなかった。

(ルロイに相談したい……)

ルロイはまだ帰ってきていない。今朝、執事に「相談したいことがある」とルロイに伝えて欲しいと頼んだので、じりじりする思いで連絡を待っている。

(僕はルロイの番号も知らないんだ)

日本で使っていた携帯はこちらでは使えないので処分している。日菜子とはメールでやり取りしているし、執事やメイドに聞けば家族の予定はすぐにわかる。連絡もすぐにつく状態で、ルロイと話したいからという理由だけで、わざわざ携帯を用意してもらおうとは思わなかった。

鳩尾《みぞおち》がしくしく痛む。もうパーティーまで日にちがないのに。何もかもうまくいかない。

「日和、体調が悪いの？　それとも、何か困っている？」

注意されるのだと思っていたのに、マティに心配されてしまった。

日和は力なく首を振った。アリシアとのことを話すことはできない。

黙り込んだ日和の頭上でマティが小さく溜息をついた

「日和の問題が何かはわからないけど、僕だって力を貸せるし、ルロイなら大体のことは解決できる。頼っていいんだ。君の伴侶なのだから。力なんて親しい人に役立ててなんぼだもの」

　穏やかに諭すマティに、日和は曖昧に頷いた。日和のついた嘘を知ったら、きっとマティも幻滅するだろう。気遣いが心苦しくてならない。

「……日和は姿勢もいいし、進行もスムーズだ」

　降ってきた唐突な誉め言葉に日和は思わず顔を上げた。

「？　はい、マティのおかげです」

「日和自身の努力の成果だよ」

　マティはにっこりと笑った。

　ダンスのことで悩んでいると思われたのかもしれない。マティの励ましは、ささくれだった神経にするりとしみこむようだった。

「ここに来るまで日和はダンスなんて縁がなかっただろう？　上達してるよ。でも練習のし過ぎはあまりよくない。バランスが大事だ。なにより楽しまなくちゃ」

「楽しむ……」

　ルロイと踊ったのはとても楽しかった。ただただ楽しくて、まるで自分がとてもダンスが上手になったかのように動けたことを思い出す。けれどルロイに嫌われてしまった以上、二度とあんな風に踊れないだろう。

「ダンスだけじゃない、何事も楽しまなくちゃ。喜びがなければ人生は味気ないものだ。今日はもう終わりにしよう。日和は十分頑張った！　お土産《みやげ》においしいチョコ持ってきたから。ルロイには内緒で二人で食べよう」

マティは日和の肩をぽんと軽く叩くと、いたずらっぽくウィンクしてみせた。

「元気出して、日和。君ならパーティーで十分踊れると僕は思っているよ」

「マティ……。ありがとうございます」

「そうだ。ルロイと一緒にダンスをすればいいんだよ。ルロイなら喜んで踊るよ。練習にもなるし、絆も深まる。伴侶は傍にいなきゃ」

無理なことを言われてどきりとする。

「……はい、そうですね……」

伴侶は傍にいるべきだ。今の日和には痛烈な皮肉だった。ルロイの傍にいたいが、本物のパートナーにはなれない。

ぎこちなく頷く自分が、きちんと笑えているのか日和にはわからない。

マティに悪気はない。日和を励ましてくれているだけだ。その一方で、ルロイと日和の不和が、マティにまでまだ伝播《でんぱ》していないとわかって妙な安堵を覚えた。

ダンスのレッスンの後にマティとお茶を飲んだ。マティがお勧めしてくれたチョコレートは、とてもおいしいはずなのに日和はうわの空で、砂を噛むような気持ちでようやく飲み込んだ。

（ルロイ……。今日は早く帰ってきてくれるよね……）

執事が連絡したら、四時ごろに帰宅するのでその時に、という返答だったそうだ。

時計を見るとまだ三時過ぎだ。時間の流れが遅く感じてしまう。日和はセーターの上からきりきりと痛むお腹をさすった。

曇天《どんてん》のせいか屋敷の中はどことなく薄暗い。そろそろ帰るだろうルロイを待ちきれなくなった日和は、庭の四阿《あずまや》に向かった。ここからなら玄関に続く道が見えるのでルロイの帰宅もすぐにわかる。

しばらくして聞こえてきたエンジンの音に日和は立ち上がった。車寄せにルロイの車が滑らかに止まった。運転席から姿を現したルロイに泣きそうになる。

「ルロイ！」

日和は堪らず走り出した。日和に気づいたルロイは出迎えた執事に車を預けると、生け垣を迂回してこちらに近づいてくる。

「ルロイ、あ、あの、あなたに、相談しなければならないことがあって」

「ああ、執事から聞いている。何があったんだ？」

余程思いつめた面持ちだったのだろう、ルロイは日和の背中に手を添え、庭の四阿に誘導する。日和を腰掛けさせると、ルロイも隣に座った。

「顔色が悪いな」

身を屈めて顔を覗き込んでくるルロイの視線を避けるように、日和は自分の顔を撫でた。指摘されるほどではないと思うが。

「誰かに嫌味でも言われたか？　それとも嫌がらせを？」

「それは……」

いざ話そうとすると、ルロイと仲の良いアリシアとのことなので言葉に詰まってしまう。

ルロイは日和を力づけるように背中を撫でてくれた。

「日和、何があったのか俺に教えてくれ。今なら対処できることもあるだろうから」

日和は頷いて、アリシアのことを切り出した。

「はい、……あの、アリシアが、昨日いらして……ばれました」

喉の奥で声がひび割れそうだった。

ルロイがぎゅっと眉根を寄せた。

「僕が、嘘をついて、子供が生めないくせに、あなたと結婚しているなんて、許せない。出て行かないなら、今度のお披露目パーティーで暴露すると」

恐ろしさが蘇って身が震える。

「発情期が来ていないと認めたのか？」

「い、いいえ。ルロイの指示で、体調を整える為に服用している薬だと。擬似フェロモン薬のことは弱いフェロモンを補うためだと言いましたが、アリシアは信じていないようでした」

「何故ばれたんだ？」

ルロイは思案するように目を細めた。

「わかりません、お薬を飲んでいることをおそらくメイドから聞いて、アリシアがお薬のことを調べて、それで、僕が不妊だと……」

「薬はこっそり飲んでいただろう？　出しっぱなしにでもしたのか？」

「いいえ！　薬入れには鍵をかけてました！　十日ほど前に薬が減っていることに気づいて、ルロイが持っていたのか後で確認しようと思ってたのに……。うっかりしていました、すみません……、多分、盗まれたんだと思います。鍵がおかしくなっていたんです……」

声を上擦らせて取り乱しそうになる日和を宥めるように、ルロイは優しく声をかけてくれる。

「日和、大丈夫だ、落ち着いてくれ。……誰が盗んだのか心当たりはあるか？」

「……メイドなのか、アリシアなのかは、わかりません、……でもアリシアは僕を嫌っているのに度々部屋を訪ねてきてましたし、応援してくれる人が多いんです」

「応援？」

「はい、……アリシアは、ルロイのことを好きですから……」

ルロイは心当たりがあるのか、大きな溜息を吐いた。

「まだ諦めていなかったのか。……厄介だな……。それで、薬のことを問い詰められて、何か認めたのか？」

日和は激しくかぶりを振った。

「い、いいえ！　でも、アリシアは薬を医師に分析させてて、それを証拠にするみたいで」

「大丈夫だ。否定しているならそれでいい。俺が何とかする」

予想に反してルロイはおざなりにも見える態度で頷いただけだった。何か考えがあるようだが、日和は不安が拭えなかった。

「――で、でも、ルロイ！　皆に暴露されたら、あなたの立場が悪くなります！　体面が傷つけられるのではないですか!?」

　こけにされたと一族の者は怒り狂うだろう。日和が伴侶のままでいれば、次期当主としてのルロイの立場が危うくなるかもしれない。

　家業を愛し、真摯に一族の繁栄の為に頑張っているルロイを日和は知っている。そんなルロイの足を引っ張るのが自分だなんて耐えられない。

「僕のせいで、ルロイに迷惑がかかるなんて……、そんなこと、嫌です……！」

　涙がどっと溢れた。祈るように日和はルロイを見上げた。

「お願いします、僕と、離婚してください……っ」

「駄目だ！」

　それはルロイらしからぬ大きな声だった。

　青ざめて固まる日和に、ルロイもはっとして気まずそうに目を逸らした。

「……離婚は、しない。アリシアのことは心配しなくていい。……それに、離婚しても日和に行くところなんてないじゃないか。違約金だって発生してしまう」

　ルロイはぐっと何かを飲み込むように唇を引き結んだ。

「それは、そうですけど……、でも一生かかってでも、絶対にお支払します。もともとは僕が嘘をついていたせいなんですから」

ルロイは傷ついたような表情で小さく呟いた。

「……俺のことが嫌になったのか……？　ここにいられないほど？」

「違います！　そうじゃなくて、あなたの為なんです、ルロイ！　こんなこと公《おおやけ》にされたら、あなたの醜聞《しゅうぶん》になります！　それに、使用人達も、一族の人達も、み、皆さん僕のことが気に喰わないのでしょう？　僕なんていなくなっても誰も困らないんです！」

みっともなく泣くうちに息が苦しくなる。頭の芯が痛くて、日和は目の前が暗くなるのを感じた。

「――あ……？」

「日和?!」

ルロイの声が水の中で聞くようにくぐもっている。ぐらぐらと足元が揺れて動けない。たぶん貧血だ。興奮しすぎて、頭の血管がどくどくいっている。

すぐさまルロイの腕が支えるように日和の背中に回った。そっと抱き寄せられ、日和はルロイの胸に額を寄せた。

「す、いませ……」

申し訳なくて、力の入らない腕をぶるぶるさせながら持ち上げ、ルロイの胸を押したがびくともしない。疑問に思ったが、頭が重くて顔も上げられなかった。ルロイはどんな表情をしているのだろう。日和はなすすべもなく目を閉じ、目眩が治まるのを待つ。

「ルロイ?」

膝裏に何か触ったかと思うと、ふわりと体が浮き上がった。目をうっすら開けると横抱きにされていて、ルロイの顔がすぐ傍にあった。

「日和、動くな」

驚いて身じろぐと体を軽く揺すり上げられた。このまま倒れてしまうよりはいいだろうと観念した日和が寄りかかると、ルロイはそれでいいとばかりに頷いた。

「ルロイ、すみません……」

しばらく目をつぶっていると、目眩は少しずつ治まってくる。

「こんなに痩せて……」

ルロイが小さく言った。

「そんなことありません……、あ!」

ルロイが歩き出したので、日和はルロイに思わずしがみ付いた。

屋敷に着くとメイドが速やかにドアを開けてくれる。

「暴れてくれるな、落としたくない」

廊下で使用人とすれ違ったが、ルロイの腕に揺らぎはない。いい大人が横抱きにされて運ばれるのはいたたまれなかったが、嬉しかった。

（駄目だ……。優しくされたら涙がまた出てしまう……）

ルロイはそのまま階段を上っていく。寝室まで運んでくれるようだ。

寝室のベッドにそっと下ろされて、ルロイは日和の靴を脱がせる。

「何も心配しなくていい。日和の部屋のメイドも変えよう」

「……すみません」

ルロイはシーツをかけると、安心させるように日和の涙を拭いた。

「謝って欲しいわけじゃない」

諭すようにルロイは続けた。

「いくら体調が悪くても痩せすぎだ。すぐに医者を呼ぼう」

「はい、ルロイ……」

「安心してゆっくり休むといい。日和が心配することは何もない」

本当に大丈夫なのだろうか。不安はまだ残っているが、ベッドに座ったルロイに前髪をかきやるように撫でられると気持ちよくて、あんなにざわついていた心が少しずつ鎮まっていく。

（すいません、ルロイ……）

またルロイに面倒をかけてしまった。ルロイは優しいから日和の心配をしてくれているだけに過ぎないのに。

（勘違いしたら駄目だ……）

ルロイが日和のことを気にかけてくれるのに特別な理由なんてない。そう自分に言い聞かせた。

しばらくして来てくれた医者の見立ては、軽度の栄養失調と寝不足による貧血だった。

「今日は安静にしているように。できるね？」

「そんなに心配されるほどではありません、目眩も治りましたし……」

「日和。俺の執務室にベッドを運び込ませて、仕事をしている俺の横で療養するのでもいいぞ？」

表情はおどけているが、目が本気だった。まるっきり子ども扱いで恥ずかしくなる。日和はシーツを鼻先まで引っ張り上げた。

「わ、わかりました。大人しく寝室で休みます」

そうしてくれというようにルロイに頭を撫でられる。いつになく優しい空気に日和は改めて不安を口にした。

「……あの、ルロイ、アリシアのこと、本当に大丈夫なのでしょうか……」

アリシアからはあの後なんの接触もないまま、今朝予定を変更して彼女は実家へ行ったそうだ。

「大丈夫だ。体調を整える薬なのは本当だし、擬似フェロモン薬のことも誤魔化せるから、日和は何も心配しなくていい。ただ回復することだけを考えてくれ。パーティーには万全の体調で臨もう」

日和に言い含めると、ルロイは仕事に戻る為に部屋を出て行った。

ルロイの従妹だから、当然アリシアはパーティーに招待されている。

『不妊のことをパーティーで暴露することになるわ！』

アリシアの叫びが耳にこだまする。不安は完全には払拭《ふっしょく》されていないが、ルロイの「大丈夫」を信じてパーティーを乗り切るしかない。やるべきことをやろうと日和は自分を奮い立たせた。

パーティーの当日、控室にはルロイと日和の二人だけだった。

ヴァイオリンの音色が微かに聞こえる。ヴァイオリニストが大広間で音楽を奏でているのがなんとも贅沢《ぜいたく》だ。

手の中のクリスタルのグラスには冷たい水が入っている。緊張と不安で渇いた喉を何度も潤す。

アドラー一族は定期的にこの本邸に集まるらしい。昔は子供も多く、そこら中に笑い声が溢れていたと義母が懐かしそうに話していた。

今日は跡継ぎにパートナーが見つかったことを周知する為のもので、一族に加え、ルロイのごく親しい友人が招待されている。

主催はルロイの両親の為、ルロイと日和は招待客が集まったら大広間へ向かう運びになっている。

「父と母がホストだから、日和は何もしなくていいし、気を揉むことはない。楽しむだけでいい」

「そ、そうですね」

大きなソファにルロイは長い足を組んでゆったりと座っている。その端っこでひじ掛けにもたれながら、日和は相槌を打った。そわそわと腰が落ち着かない。

サイドテーブルにグラスを置いて、日和は自分の服装に乱れがないか確認する。

絹の柔らかなシャツ。極細かなバーズアイ地のスリーピースはベージュを基調にしてある。差し色として温かみのある朱色のネクタイとチーフ。靴は光沢を押さえた濃い茶色の内羽根式のストレートチップだった。

リラックスしたパーティーなので、そこまでフォーマルにしなくてよい、ということで柔らかな色にしたそうだ。どれもがルロイのセレクトで、お披露目の為に仕立てられた特別な服だ。必要なことだと理解しているから、貧乏性をぐっとこらえている。

日和はルロイを盗み見る。

彼のスリーピースはシルバーグレイだった。光沢のある糸を織り込んであるらしく、体の動きで陰影が生まれる。黒い革靴は日和と同じデザインの色違いだ。いつもは無造作《むぞうさ》な髪も柔らかく撫でつけられ、秀でた額が大人の男の色香を漂わせている。

日和は落ち着かない気持ちを持て余して立ち上がった。

「すみません、ちょっとお手洗いに行ってきます」

「俺も一緒に行こう」

ついて来ようと腰を浮かしたルロイに、日和は座るよう手を振った。

「大丈夫です、場所はわかりますよ」

「ホテルでのこともあるから心配なんだ」

「さすがにアドラー家で騒ぎは起きないでしょう。心配があるとすれば……、アリシアにばったり会ってしまわないかどうかだけです」

アリシアのことは心配だが、それ以外で妙なことは起きないだろう。でもルロイの懸念はわかるので、彼を安心させるように笑った。

「大丈夫ですよ、すぐそこの、お手洗いに行くだけですから。大広間の近くにお客様用のお手洗いがあるので、あえてこっちのお手洗いを使う人はいないと思います」

最寄りのトイレは廊下を曲がって少し行ったところにあるので迷いようもない。

「……わかった。何かあったら、誰か呼ぶんだ。いいね？」

ルロイはソファに座り直した。さすがにトイレまでついてくるのはどうかと思い直してくれたのだろう。

もう少しでパーティーは始まる。

時間になったら、日和はルロイのエスコートで会場に入る。それから日和はアドラー家の跡継ぎの伴侶なのだと正式に紹介されて、皆の前で挨拶をする。

段取りを思い出しながらトイレで用を済ませ、日和は洗面台で手を洗う。ふと視線を上げれば、曇りなく磨かれた鏡に青白い顔をした貧相な自分が映っていた。

「うわぁ、ひどい……」

日和は痩せた頬を撫でた。立派過ぎる服が浮いている。こんな自分がルロイの伴侶なのだと紹介されて本当にいいのだろうか、としみじみ思ってしまう。

ぼうっと物思いに耽っていると、瞬く間に時間は過ぎる。洗面所の壁にかかっている時計を見やって日和は慌ててその場を後にした。

（しまった。ルロイ、心配してるかも）

ルロイに恥をかかせないよう、きちんと役目を果たさなければならないのに。

日和が廊下に出て控室へ足をむけた時だった。

「——あなた、まだいたの？」

聞き覚えのある声に、日和はびくりと立ち竦んだ。恐る恐る振り返る。こんなところで会うとは思わず、足からほろほろと体が崩れていくかと思った。

「アリシア……」

レースの重なったジョーゼットのワンピースは裾がふわりと広がり、大輪の花のようだった。

「ここで何をしているの？」

華奢なヒールを踏み鳴らすようにアリシアは日和に歩み寄った。カールした長い睫毛に縁どられた琥珀色の双眸が腹立たしそうに日和を見据えていた。

「あ、あの……」

何故こんなところにアリシアが。

ルロイが何か手を打ってくれたのではなかったのか。大丈夫だと言ってくれていたのに。

日和は口をはくはくさせて何も言えなくなってしまう。

「あんなにはっきり警告したのに、私が言ったこと、理解できなかったのかしら」

日和を見下すようにアリシアの唇が皮肉げに微笑んだ。

「それとも、私のことを侮《あなど》っているの?」

「そ、そんな、違います! 決して侮るなんて!」

必死でかぶりを振る。アリシアを馬鹿にする気持ちなんて毛頭ない。

「あなたがここに居座るつもりなら、まあいいわ。いらっしゃい、パーティーがもうすぐ始まるでしょう?」

日和の手首をアリシアが掴む。ぐいっと有無を言わさず腕を引かれ、目を白黒させているうちに、大広間まで来ていた。

アーチ型の両開きのドアは招待客の為に開け放たれている。

「アリシアさま?!」

すれ違ったメイドがぎょっとしたように振り返る。それを横目に日和は中へ引っ張られていった。

シャンデリアの光が煌々と灯っていて眩しい。談笑する人の声が柔らかく辺りに満ちていた。

（どうしよう、このままじゃアリシアに暴露されてしまう……！）

振り払うようにアリシアは日和の手首を離した。日和はその勢いにふらつきながらも、控えの間に戻ろうとした。しかし行く手を遮るように、アリシアによく似た壮年の男女が早足で近づいてくる。

「お父様、お母様、こちらが例のタヌキですわ！　私達を騙して本家に居座り、アドラーの誇りと富を掠《かす》め取ろうとしているのです！」

「君が調べていた、あのタヌキかい？　薬を飲んで不妊をごまかしていたとかいう」

「まぁ、これが例の！　なんて図々しいんでしょう！」

「私が情けをかけたのが間違いでしたわ。本当に信じられない！　こんな者が本家に入り込んでいるなんて！」

アリシアとその両親が顔を歪めて声高に非難した。

憎々し気なその声と剣幕に、何事かと周囲の人々の視線が集中する。注目されてもひるむことなく、アリシアは堂々と声を上げた。

「皆さまお聞きください！　次期当主の伴侶としてお披露目されるはずだったこの者！」

アリシアは日和を指さした。

「我々一族を騙そうとしたとんでもない詐欺師なのです！　この者は妊娠できないにもかかわらず、本家に入り込み、多額の契約金を騙し取りました！　確かな証拠がございますわ。誇り高い我々を侮り、いまだに居座ろうとしているとんでもない恥知らずです！」

蜂の巣をつついたように辺りは騒然とした。

日和は最悪の事態が起きてしまったことに真っ青になる。

「まあ！　本当なのかしら?!」

「本家に近い彼らが言うのなら、事実なんだろう」

「だから私は反対したんだ！　ワシの血に異種族の血なんかを入れようとするからだ！　一族の中から伴侶を選ぶべきだった！　本家はこの責任をどうとるつもりだ?!」

「本家はこのことを知っているのか?!　タヌキに騙されるなんて、とんだ恥さらしじゃないか」

純血主義の人たちなのか、話を聞こうともせずアリシアの言うことを信じ、そんな日和との結婚を決めたルロイ達を貶めるような声が上がった。

「いやそうと決まった訳ではない。本家を非難するのは早計だ。そもそも証拠はあるのか？」

中にはそう冷静に場を収めようとする者もいたが、すぐにその意見は封じられた。

「証拠ならあるわ！　そのタヌキが隠し持っていたこの薬は偽物のフェロモンを出すものとホルモン剤で、不妊治療のお薬だって、お医者さまのお墨付きよ！」

アリシアはブリスターパックと分析結果らしきものをバッグから出して掲げて見せた。

周囲の騒めきが大きくなる。

ルロイも、アドラー夫妻も一族を大事に思う気持ちは本当だ。

一族の者が彼らを責めるのは間違っている。

大丈夫だと言っていたルロイのことを信じて、日和は猛禽の圧に震えながら勇気を振り絞った。

「ち、違います！　それは、ぼ、僕の体調を整える為の薬とフェロモンを補助する為の薬なんです！」

叫ぶと、アリシアはきっと日和を睨みつけた。

「何が違うの？　嘘つき！　この期に及んで言い訳なんて許せないわ！　私達を馬鹿にして！　あなたなんて、ルロイをこれっぽちも好きじゃないくせに！　私のほうがずっとルロイを大事にできる！　私がルロイと結婚するわ！」

アリシアがルロイと結婚する――？

頭の中が真っ白になる。

「——僕は、僕だって！　ルロイのことが大事です！」

ぶるぶる震えながら、日和は胸の前で両手をぎゅっと握った。

ルロイを愛しているのは本当だ。確かに嘘をついて始まった関係だが、自分にだって言い分はある。

「僕がここに来たのは、アドラー一族がそう望んだからでしょう?!　僕だって望まない結婚をさせられそうになった妹の為にここに来たんだ……！　でも、でも、ルロイは誠実でいい人で……そんなルロイに惹かれずにはいられなかった、だから！　この気持ちだけは誰にも否定されたくない……！」

あの琥珀色の目を誰よりも傍で見つめていたい。

新しい土地での生活に戸惑う日和を気遣う優しさも、ベッドで見せる情熱も。全部を日和のものにしたい。

自分ではない誰かにとられるなんて嫌だ。

ルロイは日和だけのオスだ。

誰にも渡さない。

誰にも渡したくない。

負けたくないと、生まれて初めて思った。今まで経験したことのないような高揚《こうよう》に体が燃えるようだった。貧血の時のようにくらくらした。それでも日和はアリシアから目を逸らさなかった。

激しい感情の波に背中を押されるように日和は叫んだ。

「ルロイは誰にも渡しません！　ルロイは僕だけのものです！」

声が迸った瞬間、何かを押さえつけていた蓋が開くような感覚がした。血が沸騰するのではないかと思うほどの熱が体中を巡る。日和は熱を逃すように息を吐いた。

「そうだとしてもどうしようもないわ、だってあなた子供を生めないじゃない！」

呆気に取られたように目を見開いていたアリシアは、ひきつった笑みを浮かべて嘲るように言った。

子供を生めないというアリシアの言葉に、日和は唇を噛んだ。反論できないままアリシアと睨み合う。

その時、張りつめた空気を破るように誰かが言った。

「――試せばわかるだろう」

驚いて声がした方を見ると、男が日和に近づいてくる。知らない顔だった。暑いのか、やけににやにやしながらネクタイを緩めた。

それに続くように顔を赤くした別の男が喚いた。

「そうだ試せばいい！　そいつは女になれるのだろう？　それなら食指も動く！」

日和からそう遠くないところに立つ男達の目が、まるで日和を値踏みするようにぎらぎら光っていた。

（試す……？　まさか……）

まさか日和を女に化けさせて孕むかどうかセックスを試す、と言っているのだろうか。

ぞっとした。

「そうだ、証明しろ！」

「孕めるオスなんだろ？」

口々に意味がわからないことを言っている。

異様な光景だった。日和を糾弾していた男達が、狂ったように興奮しているのだ。

（何が起きてるの？　どういうこと……？）

少し離れたところにいる人々も困惑したように立ち尽くしているだけで、助けようとはしてくれない。自分の夫や親族が急に日和相手に興奮状態に陥ったことにどうしていいかわからないようだった。

入り混じった匂いが風のように日和に吹きつけた。

料理や香水の匂いとは違う。本能に訴えかけてくる匂いだ。

「フェロモン……?」

彼らからフェロモンが出ている――?　何をきっかけに彼らが発情したのかまったくわからなかったが、ただならぬ雰囲気に日和は後退った。

「っどういうこと、不妊ではなかったの?!」

アリシアの叫びにはっとする。

自分を守るように、体を抱きしめながらアリシアは後退っていく。

「あなたっ、そのフェロモン止めなさいよ!」

アリシアは何を言っているのだろう。

自分にフェロモンは出せない。フェロモンを止めるべきなのは周囲の人々のほうだ。不快な匂いに頭の奥がぼうっとしてくる。

アリシアがまだ何か喚いているが日和にはよく聞き取れなかった。吐いた息が熱い。高熱が出た時のように膝が震えてふらついた。でも不穏《ふおん》な空気は感じられて、ここにいてはいけないのだけはわかった。

(逃げなけきゃ……)

日和は縺《もつ》れそうになる足を懸命に動かす。だが人の輪はじょじょに狭まり、いつの間にか壁際に追い詰められていた。

「や、いや……っ」

悲鳴は恐怖によってかすれた声にしかならなかった。

もう駄目かもしれない。いや、諦めたら駄目だ。動け。

ふと取り囲む人々の足元の隙間が目に入った。タヌキになればすり抜けられる。とっさに日和はタヌキになった。低くなった視界に驚いた顔がいくつも映った。

「捕まえろ！　逃がすな！」

隙間めがけて日和は駆けた。しかし多勢に無勢だった。

「おっと、大人しくしてくれ」

「怪我をさせたいわけじゃない」

容易くつかみ上げられ、日和はもがいた。知らない顔たちが日和の無様さを見てにやにや笑っている。鼠《ねずみ》をいたぶる猫のような笑みだった。タヌキになっても逃げられない。自分がなすすべもなく狩られる側なのだと教えられる。

（いやだ、いやだ！）

日和は必死に身をよじった。

「大人しくしろ」

「女に化けるんだ。そうしたらかわいがってやる」

「俺はオスでも構わない」

どうしたらいいのか。このままずっとタヌキの姿でい続けることはできない。

「抵抗するということは、疚しいことがあるんじゃないか?」

「はは、こんな抵抗、かわいいもんだ」

伸びてきた手に日和が噛みつこうとしたら、後ろからマズルを掴まれた。

――ルロイ!

胸の中で名前を呼んでいた。

助けて。

意味がないとわかっていても呼ばずにはいられなかった。

その時だった。

風を切る鋭い音とともに、日和を捕まえていた男に何かがぶつかった。

「うわ?!　なんだ?!」

驚いた男が手を離した。落ちる!　日和は衝撃に備えて目をつぶり受け身を取ろうとした。

しかし体が何かに掴まれ、ふわりと浮き上がった。

「あっ」

目を開けると、大人が両手を広げても、まだ足りない大きな翼が羽ばたいている。

(飛んでる……!)

日和を取り囲んでいた男達が、ぽかんとこちらを見上げている。

大きな、美しいワシだった。ルロイなのだとすぐにわかった。

ルロイは緩やかに羽ばたくと、大広間の誰もいない空間へ優しく日和を下ろした。続いて体重を感じさせない軽やかさで床に舞い降りた。

(助けに来てくれたんだ……!)

床に降りた日和を、男達が再び捕えようと足を踏みだしたが、ルロイが太く鳴いて牽制する。

びりびりと空気が震えた。それは酔っ払ったような男達を圧倒し、後退りさせた。まるで沸き立つお湯に水をたらしたようにあたりは静まり返った。

ルロイが人の姿に戻るのを見て、もう安心だと日和も人の姿に戻った。体の力が抜け、へたり込みそうになるところをルロイに抱き留められる。

「日和、怪我はないか?」

「ル、ルロイ、ありがとうございますっ」

「心配した。いつまでも戻ってこないから」

ルロイが日和の存在を確かめるようにきつく抱きしめてくる。それでも足りないというようにルロイは日和の首筋に顔を擦りつけた。

「メイドから広間が大変だと報告があって駆けつけたら……。本当によかった、間に合って、本当によかった……っ」

苦しそうに言うルロイに、どっと涙が溢れ頬を伝い落ちていく。

「ルロイ、助けて下さって、ありがとうございました」

変に思われないよう笑みを浮かべながら日和が礼を言うと、ルロイは輝くような満面の笑みを浮かべ、日和の顔中にキスをした。

「やめて頂戴！」

アリシアが憤然と叫んだ。

「信じられないわ！　ルロイ、どうして?!　あなた騙されているのよ?!」

「騙す?」

衆目の前だったことを失念していた日和は慌てて離れようとしたが、ルロイの腕はそれを許さなかった。

「だ、だって、この人、妊娠できないのを薬で誤魔化してたのよ！　証拠だってあるわ！」

日和がルロイを見上げると、大丈夫だというように背中をぽんと叩かれた。

「ホルモン剤のことだろう?」

「え、ええ、そうよ」

訝し気にアリシアは眉をひそめた。

「日和は急激な環境の変化やストレスで体調を崩していたから、医師の指導のもとホルモン剤を服用している。体調を整え、より妊娠しやすくする為に」

日和はよどみなく答えたルロイに面食らった。

妊娠できるなどと断言して、後で大変なことにならないだろうか。

「……う、嘘、嘘でしょ？　だってフェロモンを偽装するお薬だってあったのよ？」

アリシアはひるんだように細い声で言い募った。

「先ほど言ったように、ストレスからフェロモンが不安定になっていたので次の発情期の為に万全を期して処方してもらったものだ。疑うなら先日病院を受診しているから診断書を見せてもいい」

ルロイはふっと笑った。

「そもそもこの事態は日和のフェロモンによるものだろう？　これだけのオスが発情しているのに日和が孕めないオスだというのは無理がある」

「そ、そんな……」

「そこまでだ。ルロイ、ここは私に任せて日和くんを連れて行っておやり」

ルロイを追ってきたのだろう義父が、アリシアとの間に割り入り促した。

「父さん、ありがとう。後はよろしくお願いします」

ルロイは日和を連れてドアへ向かうが、途中で立ち止まり振り返った。

「ここに会する皆に告げる。日和は次期当主ルロイ・アドフーの伴侶だ」

彼の声が大広間中に響き渡る。

「いずれ日和は俺の子を生む。その子がアドラー家の跡継ぎになる。日和は未来の当主の生みの親だ」

ルロイはまるで見せつけるかのように、日和の頭のてっぺんにキスをした。

こんな状況で口付けられるとは思わず、びっくりして目を見開いた日和に笑いかけると、ルロイは表情を厳しくして、視線を戻した。

「もし日和に危害を加える者があれば容赦しない。この結婚に不服のある者は、俺が受けて立つ」

まるでその声に鞭打たれたように一族の者達は次々に頭を垂れていく。

ルロイは先程我を失っていた人々をゆっくりと睥睨《へいげい》した。彼らは一様《いちよう》に気まずそうに視線を背けた。

しかし日和はそれどころじゃなくなっていた。

（……ああ、どうしよう、こんな場面で、場違いだ……）

ルロイが言っていることをちゃんと聞きたいのに、下腹がやけに疼いて頭に入ってこない。とてもそんな状況じゃないのに、日和は欲望を消すことができないでいた。

きっと先ほどから香っているルロイのフェロモンのせいだ。ただ息をしているだけなのに、欲望が募っていく。

じっとしているのがもどかしい。思わずルロイの服をぎゅっと握ると、ルロイはわかっているというように日和の背中を軽く撫でた。

危うく淫らな声が出そうになって日和は唇を噛み締めた。

「折角《せっかく》来てもらったのに申し訳ないが、私達はここで失礼する」

ルロイはまるで劇の幕引きの挨拶のように朗々と言うと、日和の肩を抱いて大広間を後にした。

廊下へ出て人目がなくなったことで緊張の糸が切れたのか、日和は足を縺れさせてしまった。うまく歩けない日和をルロイが抱き上げてくれる。体の疼きが辛くて、ルロイの腕の中で日和は目を閉じた。

じょじょに喧騒から遠ざかり、やがて辿り着いた部屋で日和は下ろされた。柔らかく自分を受け止める感触に、日和は薄く目を開ける。

「日和、気分はどうだ？」

片膝をついてベッドに乗り上げたルロイが日和を覗き込んでいる。彼の肩越しに見慣れた天井があって、ここが自分達の寝室だと日和は気づいた。

「……ル、ロイ……」

声がかすれた。その返事にほっとしたようにルロイは肩の力を抜いた。

「意識はしっかりしているみたいだな」

「はい……」

腕を上げると、ルロイはすぐに察して日和の手を握ってくれた。

「……ああ、いい匂いだ。この時をずっと待っていた」

「ど、しよ、体が……おかしいんです……」

「大丈夫だ、日和は発情しているだけだ」

「発情？」

「熱が出た時のように体が火照って、肌が敏感になっているのだろう？」

確かにルロイの言う通りだった。それでは本当に自分に発情期が来たのだろうか。驚きと、発情期が来ても今更だというやるせなさがない交ぜになる。

日和は嘘をついて嫁いだ。ルロイは大広間で日和がずっと伴侶のように言っていたけど、契約違反で離婚されるのは決定している。

悲しくて涙が込み上げてきた。

「どうした、日和。急に泣き出して。……それとも、泣くほど、俺のことが嫌いか……？」

見下ろしてくるルロイの目が、日和の真意を探るように真剣みを帯びる。

「まさか。でも、何もかも遅すぎます、今更発情期が来ても僕は離婚されるのに……っ」

「何を言う？　離婚はしないと言ったじゃないか」

ルロイは驚いたように目を見開いた。その言葉に日和のほうも驚いて、涙で重い睫毛をぱちぱちさせた。

「さんざん迷惑をかけた僕のことなんて、嫌いですよね？　ただ次の相手を探すのが面倒だから、僕を追い出さなかっただけでしょう？」

ルロイはかぶりを振りながらはっきりと言った。

「そんなことはない。俺は日和を愛している」

一瞬都合のいい夢かと思った。

ルロイは目を見開いて固まった日和の頬を撫でた。その目が優しくて、じわじわと真実なのではないかと思えてくる。

「……本当に？　本当ですか？」

「本当だとも、日和を愛している。大事にしたいんだ」

言いながら切なげに目を細めたルロイが日和の額へそっとキスをした。

夢なんかじゃない。安堵と嬉しさに、先ほどとは違う意味で大粒の涙がこぼれていく。

「……それじゃあ、僕はこのまま、ここにいてもいいんですね……」

「ああ、もちろん。だからそんなに泣かないでくれ」

ルロイが焦ったように日和に覆いかぶさってきて、濡れた目元にキスをする。

日和はぎゅっとルロイにしがみつく。その拍子にルロイの足に日和の性器が擦れた。

「あ、んっ」

意識した途端、先ほどまでの疼きが蘇ってくる。欲望があふれ出し、頭の中がとろけていく。

羞恥に体を火照らせながらも腰を前へ突き出すと高ぶりが押し揉まれて、目の前に火花が散るほどの快感が走った。日和ははしたないと恥じる余裕もなく何度もルロイに性器を押し付ける。

「あ、あ」

みっともないと思うのにやめられない。

こんないやらしい真似をして呆れられただろうか。必死の媚態に、ルロイはぎゅっと眉根を寄せると、ルロイは何かに耐えるようにゆっくりと息を吐く。

「や、あ、こんな、やらしの、きらいに、ならないで……」

欲望のまま動けば嫌われてしまうかもしれない。

嫌だ、嫌われたくない。それなのに体は言うことを聞かなくて、駄目だと思うのに止められない。

「日和？　大丈夫だ、そのまま感じて」

囁きとともに頬にキスをされた。その直後、彼のフェロモンがふわりと滲んだ。

日和は求めていたものが与えられる期待に夢見心地になって口付けをねだった。弾力のある唇に自分のそれが覆われた瞬間、日和は食べられるような錯覚を覚えた。ルロイの舌に歯列をくすぐられ唇を緩めると、すぐに奥へと入って来る。口の中が熱くて、ルロイの唾液がおいしい。

「ん、ん、は、む、ん」

唇をくっつけたまま服を脱がされるのを、腰を上げて協力する。ルロイはいつもより荒っぽく自身の服を脱ぎ捨てた。逞しい裸身を目の前にして、日和の胸はどきどきが止まらなかった。ルロイのそれがすでに立ち上がっているのが嬉しい。

日和がルロイの首に腕を回し抱き寄せると、ぴったりと裸身が重なった。ただそれだけなのに、口が勝手に微笑んでしまう。

（ルロイの、いつもより、ずっとおっきい……）

むき出しの高ぶりがお互いの体でぬるぬると擦れた。卑猥な水音が欲情をいや増す。

「ああ、日和、そんなに煽ってくれるな。こんなに俺を欲しがって……。頬が上気して、まるでロゼのようだ。」

ルロイが溜息を吐くように囁いた。長い睫毛にけぶる琥珀の双眸。あまりにも甘い声に、下腹がきゅうっと切なくなる。

同時に日和は不満を抱いた。自分はいっぱいいっぱいなのに、ルロイは余裕のある態度を崩さない。もどかしい。じれったさに日和は我慢できずにねだってしまう。

「や、ルロイ、も、とさわって、あ！　あ――！」

その途端、ルロイの手で高ぶりを擦られて日和はのけ反った。口付けの度にルロイの髪が過敏になった肌をさらさらと撫で下ろす。特に感じてしまう乳首を舌先で転がされ、尖り切ったところを強く吸われ、腫れぼったくなるまでいじめられた。

「あ、あ、それ、きもちいいけど、や！　強い、ああ！」

強烈な快楽に怖くなるほどだ。手加減してくれと泣き言を漏らすと、胸の先を指の腹で押し潰されより悶えさせられる。

日和が腰をよじると、今度は臍を舐められて下腹が波打った。臍の下に口づけられた時、もしかして……と期待で胸が高鳴った。物欲しげに喘ぐ日和にルロイは喉の奥でくくと笑った。

「ああ——！」

温かくて柔らかなものに性器を包まれた。何度されても慣れない。誇り高いルロイが、日和のものを咥えている現実に気絶しそうだった。

巧みな舌の動きと視覚の暴力に、日和は必死で射精を我慢した。このままではルロイの口に出してしまう。日和は首を振った。

「も、出ちゃうから、そこ、やだ、もう、ほし……！」

奥をもっと愛されたい。そこは日和自身でもわかるほどルロイを欲しがって濡れていた。これが発情期を迎え成熟した体になったということなのだろう。

しかしルロイは、触れようともしてくれなかった。

「や……っ」

切ない疼きに気付いて欲しくて腰を揺らすと、ルロイがようやく日和の足を広げる。

「ああ、日和……、こんなに濡らして。俺のことが欲しいのか？」

「や、いじわる……！」

じらされている。太腿の付け根を唇でついばまれ、所々を強く吸われる。こうされると赤い痕が花びらのように残ることを日和は知っていた。

（キスマーク、嬉しいけど、欲しいの知っているくせに、ひどい……）

肉の薄い尻を鷲掴みされる。でもまだ後ろには触れてくれない。

「も、やぁ！」

高ぶりきった性器の先を甘噛みされ、イきそうになった瞬間、ルロイの長い指が日和の後ろに忍び込んだ。

「ああ！」

彼の指の動きに合わせてぷちゅぅとねばついた水音がたった。まだ狭いそこがぎゅっとルロイの指を締め付ける。それを解そうと指が増やされて日和は喉を反らした。

「あうっ、も、や、や、ほしいっ」

「まだ、日和、いい子だから、もう少し」

「ああ、っやく……！」

いつもそうだ。日和が泣いてねだっても、満足するまで指で解さないとルロイは先に進んでくれない。

日和のフェロモンに煽られているはずなのに。傷つけまいと大事にしてくれるのはわかるが、イくことも許されず生殺しだった。

「日和、いい子だ、よく我慢したな」

「ん、……も、いい？」

「ああ」

ルロイの汗がぽたりと日和の頬に落ちた。自分に覆いかぶさる伴侶の表情が涙で少しぼやけている。日和は苦しそうに眉を寄せているルロイの頬に触れた。愛しさがこみ上げてくる。

「すき……。そのまま、お、ねがい、……っやく、きて……。あっ」

中を解していた指が一気に抜かれた。後腔が名残惜しげにひくひくうごめく。

早く空洞を埋めて欲しい。その欲を見透かされたようにすぐに両足を抱え上げられた。

宛がわれた熱い肉の先に、胸がどきどきする。

「あ、あ、あ」

「日和、ひより、ああ、俺を見て」

目を合わせたまま、ゆっくりと挿入された。琥珀色の双眸が感情の高ぶりを示すようにきらめいていた。

狭い場所を容赦なく逞しい屹立で押し開かれ行き止まりまで入れられる。いきなり深いところまで侵入されて、日和はそれだけで絶頂を迎えていた。

「ああ……！」

「日和……っ」

「んぁ、……やぁ……、おかし、とまらな……っ」

荒い呼吸が落ち着くのと同時にまた体の疼きが始まる。もっと欲しくてたまらない。こんなこと初めてだ。日和は腰を揺すって貪婪に続きをせがんだ。

「っ、日和、手加減できなくなる……っ」

ぬく、ぬく、と根元まで咥えこませるように最奥を性器で突かれる。

「ああ、ふかい、あ、ん……」

あまりの快感に体が溶けてしまいそうだった。ルロイに抱き寄せられ、隙間なくぴったりと体が重なる。固い彼の腹筋で性器が押し潰されて、日和は再び絶頂した。

「ああ、日和、愛している……！」

「ん、ルロ、ぃん、あ、っう」

奥までみっちりと性器を埋めたまま、ルロイがゆったりと腰を回した。

敏感な最奥がこね回されきゅうきゅうルロイを締め付けるのが自分でもわかった。そうしてから入り口までぬるると引き抜き、薄く引き伸ばされた皮膚を巻き込むようにしてまた奥まで埋める。

「あ、いいっ、ああっ」

気持ちよすぎて怖い。日和はかぶりを振った。しかしルロイは止まってくれなかった。

「日和、日和……！」

突き上げが次第に激しくなって、我を忘れたように名前を呼ばれた。愛する人に求められている。その喜びで胸がいっぱいになる。

振り落とされたくなくて、両足でルロイの腰を挟み込み内腿を必死で締めた。後ろまで締め付けたらしく、ルロイの性器がびくびくと中で膨らみを増す。

ルロイに見つけられた、どうしようもなくなるところを容赦なく抉《えぐ》られ、波のように悦楽が押し寄せる。汗に濡れた肌が滑るのがもどかしい。ルロイの背中に爪を立てて日和はしがみついた。

「ルロイ、も、や、ん、あ、ああ」

「日和……！」

「あ、あ、また、でちゃ、あ！」

日和の声に応えるように口付けられる。

絶頂するのと同時にルロイの精が最奥に叩きつけられ、さらに高みへと押し上げられた。

頭が真っ白になって日和は気絶した。

鳩尾に温かなものが寄り添っている。日和はそれに誘われるように穏やかな眠りから目覚めた。

（なんだろう……）

日和はシーツをそっと持ち上げて覗き込んで目を見開いた。

大きなオジロワシがくぅくぅと眠っている。

これはルロイだと本能的にわかった。よく見ようと少し体をずらすと、日和を追うようにふわふわの羽毛がすりすりとこすりつけられる。

「かわいい……」

思わず声に出てしまった。鉤のような黄色い嘴は鋭い。名前の通り尾羽は白だが、それ以外は褐色の羽毛に白銀の羽毛が混ざっている。

起こしてしまうかもしれないと思ったが、好奇心に抗えずそっと太い首を撫でた。ルロイは余程眠りが深いのか、目を閉じたままだ。温かくて柔らかい。

(よっぽど疲れていたんだろうな……お仕事もずっと忙しそうだったし……)

その上、お披露目パーティーでのあの騒動だ。

疲れきっている時や深くリラックスしている時に、寝ている間に動物の姿になることがある。ルロイがワシになっているのも致し方ないだろう。

(僕の傍だからリラックスしてくれてたりして……、なんてね)

そんな己惚れたことが思い浮かんだが、すぐに打ち消す。

部屋の中は薄暗い。あたりは静まり返っていて時計へ目をこらせば、もうそろそろ夜明けだった。

体はさっぱりしているから、眠り込んでいる間にルロイが拭いてくれたのだろう。ものすごく奔放な姿をさらしてしまった。発情期はそうなると頭ではわかっていても恥ずかしさは消えなかった。

発情期は一週間前後続く。昨夜たくさん果てたおかげかだいぶ落ち着いているが、今でも体の奥で小さな欲望がくすぶっている。

ふわふわの羽根を撫で続けていると、もぞもぞとルロイの体が動いた。小さなうめき声とともに体積が増えて褐色の髪がシーツから現れる。

「ひより……」

「ああ、残念……」

「……ん？　どうした、何が残念だと？」

「いいえ、何でもありません。よくお休みでした」

撫でられたことをルロイが嫌がるかもしれないので、手触りのよい羽毛を楽しんでいたのは自分だけの秘密にする。

「こんなに熟睡したのは久しぶりだ」

うまく誤魔化せたらしい。ルロイは目をつぶったまま日和の頬に音を立ててキスをした。横向きに向かい合うと、ルロイの足が日和の足に絡みついてくる。

こんなことをされたら欲望にまた火がついてしまいそうで、日和は必死で触れている手足から意識を逸らした。

「あ、あの……、ルロイ、あの後どうなったんでしょうか……」

義父母が収めてくれたはずだ。きちんと後で詫びと礼を言わなければ。

「父と母が仕切り直して恙《つつが》なく終わったそうだ」

日和が寝ている間にルロイがふたりに確認したらしい。

「ご両親に面倒をかけてしまいました……」

「発端《ほったん》は日和ではないし、トラブルの対応もホストの務めだが、後で一緒に礼を言おう」

「はい。あの、それで、ア、アリシアは……」

ルロイは一瞬憂うように目を伏せた。

「やはり仲のよいメイドたちと共謀して日和の部屋から薬を盗んだらしい」

「でもどうやって？　鍵をかけてましたし、鍵はずっと身に付けていました」

「君が入浴中に隙を見て合鍵を作ったらしい。あまりよくない出来だったようだが」

「そうだったんですか……」

メイドは仕事の一環としてプライベートな場所も出入りする。だからこそ日和の隙をついて鍵を入手し、また何食わぬ顔で戻すことができたのだ。

まさか合鍵を作っていたとは思わなかった。出来の良くない鍵を使ったせいで調子が悪くなっていたのだろう。

「何か言い出すとしたら俺の前でだろうと思っていたし、周囲の大人が諫めると考えていた。俺の認識が甘かったせいで、日和には辛い思いをさせてすまなかった」

ルロイは苦しそうに日和に詫びる。

「アリシアと俺を結婚させようと、彼女の両親が煽っていたようだ。アリシアのことは妹としか思ってないと何度も伝えていたのにな。日和には申し訳ないが、アリシアは未成年なので、厳重注意の上信頼する家に預けて反省を促すつもりだ。その間は当然この屋敷には入れないようにする。日和にも近づけさせない」

「僕はそれで構いません。ルロイを思っての行動だとわかっていますから」

日和がアドラー家を騙していたことに変わりはない。正義感と恋心が暴走してしまった結果で、根は悪い子ではないと思っている。だからこそ挽回のチャンスを本家は与えたのだろう。

「……それで、日和。真美原との契約のことだが、破棄しようと思う」

表情を消したルロイは真剣な声音《こわね》で言った。

あまりの衝撃に、日和は息をするのも忘れた。

離婚しないと言っていたのは嘘だったのだろうか。そう問い詰めたい気持ちを必死で抑える。

「……はい……」

日和は余程悲愴な表情をしたのだろう、ルロイは慌てたように首を振った。

「勘違いしないで欲しい。契約を破棄するのは、二年後の離縁の可能性を排除したいのと、真美原との縁を切りたいからだ」

「え？」

「子供ができなかったとしても、日和とは別れたくない。真美原のことを改めて調べたが、君の両親がしていた借金というのも本当にあったのか怪しい。日和は世話になっていたと言うが、日和への対応にしてもそうだが、契約内容にしても一方的に利益を得ていて不誠実すぎる」

ルロイはゆっくりと日和の頬を撫でた。

「よい繋がりとは思えない。だから日和にも真美原とは縁を切って欲しい。もちろん、真美原の家から出た妹さんとの付き合いは問題ない」

「でも、それでは真美原に払ったお金は戻ってきません。アドラー家だけが損してしまいます！」

「いいや、損はない。俺には日和がいる」

日和は目を見開いた。

ルロイがそこまで心を傾けてくれることに日和の心をじわじわと歓喜が満たしていく。

「正直なところ、俺の両親は日和が不妊だったことを知らないから、余計な騒ぎにはしたくない。あの騒動がなければ、日和が発情期を迎えるのを待ってからすべてを話すつもりだったんだが……」

「ルロイは、僕が発情を迎えると知っていたのですか？」

「ああ、日和の体はまだ成熟していないだけで正常だと言っただろう？　時間はかかってもそのうち発情期は来るだろうと思っていた」

　日和は目を伏せた。

「……でも、来ない可能性もありました」

「日和の性格や生育環境から推し量るに、日和は奥手で、もしかしたら初恋もまだなのではないのかと」

「は、はい、……そうです。それが何か関係あるんですか？」

　変な方向へ話が飛んで、日和は首を傾げた。

「タヌキは恋をきっかけに発情期を迎えるという研究結果があるそうだ。つまり、日和が心から誰かを欲する時が来たら、それが引き金となって発情する可能性が高い、と。だから薬で体の成熟を促し様子を見ることにした」

　ルロイが悪戯っぽく微笑んだ。

（ということは、ルロイのことを好きになったから……）

　そう言われてみれば腑に落ちる。ルロイに出会い、恋を自覚してから熱っぽかったり、体調が不安定なことが多かった。あれは発情期を迎える兆しだったのかもしれない。

「でも、なんでそこまでしてくれたんですか？　これじゃあ、まるで、あなたが僕のことを、すごく好き、みたいに聞こえます……ずっと」

戸惑いと気恥ずかしさに日和は口ごもる。図々しい勘違いだろうか。

「初めて見た時から、日和に惹かれていたよ」

さらりとそんなことを吐露されて頭が真っ白になった。しかしすぐには信じられなくて日和は首を振った。

「だったら、なんで一緒に寝るのを避けたり、その……セ、セックス、もしなくなったんですか？」

じわじわと頬が熱くなる。

「最初は裏切られたとショックだったさ。だが日和は努力家で、いつも誠実だった。そんな日和が、俺達から金をだまし取ろうとするとしたら、それは何か余程の事情があるのではないかって考えた」

裏切られて怒りのあまり怒鳴ったが、冷静になってみると引っかかることが多かったという。詳しく調査した結果、日和の言った通り止むに止まれず見合いを受けたことが容易に推察できた。それでルロイは腑に落ちたのだという。

ルロイが自分を見てくれていたことに、胸に熱いものがこみ上げた。涙が溢れ、それを吸い取るようにルロイがキスを繰り返してくれる。

「一緒に寝なくなったのは、情けないが……、セックスを我慢する自信がなかった。体調の悪い日和に無理強いは論外だし、日和が求めてくれているなんて考えもしなかった。もっとも、我慢できずに手を出してしまったこともあったが……」

喧嘩中だったし、体調の悪い日和を抱くわけにもいかず、ルロイは他のオスを牽制する為の匂い付けだけですませていたらしい。外泊が多かった理由も理解できた。

自分達のすれ違いに日和は気が抜けた。

「で、でも、そうだったら、僕にも体のこと、もっと早く教えてくれたらよかったのに」

「発情期が来ていない状態で両親を説得することは難しいし、もっと時間がかかる可能性もあったから日和に言うのは憚《はばか》られた……。そのせいで日和にはつらい思いをさせた。本当にすまなかった」

アリシアにばれたと相談しても、ルロイはただ大丈夫だと言うだけで日和はやきもきした。だが沈黙を貫いたルロイの誠実さが今となっては理解できる。

「……俺はアドラー家の跡継ぎだから、次代を作らなければならない」

ルロイは日和の手を取った。ゆっくりと顔を寄せ、薬指にキスをする。まるで主人に叱られるのを待つ獣のようにルロイが上目遣いで日和を見る。

「だから日和の体が二年で成熟しなければ、諦めざるを得なかった。初めて自分の立場が煩わしいと思ったよ。何もかも捨てて君と逃げられたら、だなんて思ったりもした。……幻滅するか？」

「まさか、ルロイの立場だったら当然のことです」

自分を責めるように言うルロイに日和はかぶりを振った。

「あなたがそこまで思い詰めて、そうまでして僕を選ぼうとしてくれたことが嬉しいです」

日和といる未来の為にあがいてくれた。それだけで十分だ。

ルロイは泣き笑いのようにくしゃりと目を撓めた。

「日和、改めてお願いする。俺とずっと一緒にいてくれ」

ルロイが親指で日和の濡れた目尻を拭う。

「もちろんです、ルロイ。タヌキの伴侶は一生涯ひとりだけです」

「ワシもそうだ、俺の唯ひとりの人。俺と出会ってくれてありがとう、日和。生まれてきてくれて、ありがとう」

自分は生まれてきてよかったのだと、まるで暗闇の中、日の前に光が差したような気持ちになる。

やっと真の意味でのパートナーになれた。ルロイの愛するこの土地に日和も根付いて生きていく。彼と共に。

感動と愛情が胸を満たした。日和が目を閉じるとすぐに唇が重ねられた。

キスの心地よさと、気持ちが通じ合った喜びがない交ぜになって、日和の中でくすぶっていた欲望の熾火《おきび》が燃え上がる。

「日和、日和、……好きだ」

「ルロイ、もっと、してください……」

一晩中ルロイの熱で満たされていた下腹の奥が再び潤み始める。

高ぶる体を恥じらいながらも、それが自然の摂理なのだからと日和はルロイにしがみついて固くなった性器を押しつけた。

「勿論《もちろん》だ、日和」

ルロイの長い腕にきつく抱きしめられ新緑の匂いに包まれる。

日和は愛おしさに突き動かされ、ルロイの首筋に鼻を擦りつけた。幸せの匂いに満たされる。待ち望んでいるものを得ようと、日和はルロイの背中に回していた腕に力をこめた。

■あとがき■

初めまして。あるいはお久しぶりです。鳩《はと》かなこです。

この度は拙著《せっちょ》を手に取っていただいてありがとうございます。初めての擬人化ものかつ結婚ものでもあります。タイトルも流行を意識して試行錯誤いたしました！

色々と初めてのことが多く手こずりました。攻は受を溺愛しているのに、その攻の重い愛に気づかない鈍感な受が右往左往《うおうさおう》する……という私の萌えを詰めてみました。あと書いているとすべてのキャラに愛情が湧いて、すぐ脇役を贔屓《ひいき》にして長く書きそうになるのも悪い癖ですね。自分の駄目なところばかり目に付いて、プロットを完成させるのに長い時間がかかってしまいました……。

物語の舞台として、自分の住んでいる所をモチーフにしてみましたが、実はよくわかってなかったことも多く、改めて調べたり勉強したりの連続でした。そうやって立ち止まることが多かったのですが、書いている最中はとてもとても楽しかったです。

とまれ、こうやって一つの本になることは、いつも感無量《かんむりょう》でございます。

今回もCiel先生に素晴らしいイラストを添えていただきました！　ラフを見せていただいた段階で、ルロイはかっこよく、日和はかわいく、本当に素敵です。にやにやが止まりません。ありがとうございます！

根気よく付き合ってくださった担当様。プロットの段階からじっくり丁寧にお付き合い下さいました。その節は大変ご迷惑をおかけしました。的確な指摘と豊かなイマジネーションで導いていただき、いつも目から鱗《うろこ》が落ちることしきりです。学んだこと、頂いたものを返せるように頑張ります。これからもよろしくお願いします！

そして、この本を手にしてくださった読者の皆様、ありがとうございます。中には長くお待たせしてしまった方もいらっしゃることと思います。初めて出会う方もお久しぶりの方も、あなた方のおかげで、今も本を書き続けられています。少しでも喜んでいただけるととても嬉しいです。これからもどうぞよろしくお願いします。またいつか、別のお話でもお会いできるのを楽しみにしております。

ここまで読んでいただいてありがとうございました。

鳩かなこ　拝

初出
「嘘つきタヌキの愛され契約結婚」書き下ろし

CHOCOLAT
BUNKO

この本を読んでのご意見、ご感想をお寄せ下さい。
作者への手紙もお待ちしております。

ショコラ公式サイト内のWEBアンケートからも
お送りいただけます。
http://www.chocolat-novels.com/wp_book/bunkoenq/

嘘つきタヌキの愛され契約結婚

2023年10月25日　第1刷

著　者:鳩かなこ
発行者:林 高弘
発行所:株式会社　心交社
〒171-0014　東京都豊島区池袋2-41-6
第一シャンボールビル7階
(編集)03-3980-6337 (営業)03-3959-6169
http://www.chocolat_novels.com/
印刷所:図書印刷 株式会社